Birgit Mattausch

BIS WIR WALD WERDEN

Roman

Klett-Cotta

MIX
Papier | Fördert gute Waldnutzung
FSC® C014496
www.fsc.org

Klett-Cotta
www.klett-cotta.de

Cover: FAVORITBUERO, Buero für Gestaltung, München
unter Verwendung einer Abbildung von © stocksy, JOANNA NIXON;
DEEPOL by plainpicture/Dan Lepp; gettyimages, fhm
Gesetzt von C.H.Beck.Media.Solutions, Nördlingen
Gedruckt und gebunden von GGP Media GmbH, Pößneck
ISBN 978-3-608-98693-8
E-Book ISBN 978-3-608-12213-8

PROLOG

Die Nacht ist eine bestickte Steppdecke. Ich lege sie vorsichtig über dich, Nanushkinia. Ich wickle dich hinein. Bis hierher trug ich dich. Bis zu diesem Haus. Diesem Aufzug. Dieser Tür. Diesem Zimmer. Diesem Bett. Ich trug dich in dieses Land. Hinter meinen Augen für immer die Birken, der Wind. Vor uns dein Leben, Kätzchen. Sollst es besser haben als ich. Nichts wissen von den Gräbern im Wald. Sollst Deutsche sein unter Deutschen. Du schläfst. Aus dem Koffer hole ich den Stern aus grünem Plastik. Ich hänge ihn an den Fenstergriff.

Jetzt sind wir da, meine Kleine.

I HAUS

Unser Haus hat 323 Fenster. Früher taten Nelli, Vitali und ich so, als wären die Fenster Augen: Etwa 87 von ihnen sind eigentlich immer geöffnet. Die geschlossenen haben Lider aus weißer Synthetikspitze, aus Fadenvorhängen, gelbem Satin, geriffelten Jalousien, grauen Rollläden. Manche haben Hornhauttattoos: Einhörner, Regenbögen, Sonnenblumen aus Windowcolours.

Direkt hinter den Augen: Orchideen aus Stoff. Rosen aus Plastik. E. T. in Plüsch will nach Hause.

Felek, Babulya, Lilli, Oma Elsa, Valentina – sie alle putzen die Fensteraugen regelmäßig. Um danach die Vorhänge wieder zuzuziehen. Um sie aufzuziehen. Die Fensteraugen zu öffnen und hinunterzurufen wie früher schon: Kommt! Es gibt Waffeln / Pide / Eis / Germanys Next Top Modell / Pelmeni / Hausaufgaben / Schlaf / ein Zuhause.

Wir wohnen in Babulyas Küche. Sie ist klein, und sie ist groß.

Klein, weil sie eine Hochhausküche ist. Ein in Beton gegossener Raum zu einer Zeit, als man Wohnküchen für überholt hielt und Fertiggerichte die Verheißung der Zukunft waren. Küchen wie Nischen in Raumschiffen. Eine Zeit, in der Babulya noch immer auf den Urgroßvater wartete und auf den Frühling, tausende, tausende Kilometer entfernt von diesem Ort hier, an dem die Betonplatten zu dem zusammengesetzt wurden, was dann ihre Küche wurde.

Groß, weil es eben Babulyas Küche ist. Das Herz unseres Hauses. Oder sein Magen. Seine Vorratskammer. Vollgestopft mit Salzgurken, Schinken, dem Samowar. Mit von der Decke hängenden Büscheln von Salbei. In den Hängeschränken Fische in Dosen. Tomatenpflänzchen am Fenster.

Die Küche hat einen Tisch, um den wir sitzen und Wareniki rollen und kleben, Tee trinken, Zwiebeln hacken, deshalb weinen; an dem ich früher Hausaufgaben machte und Vitali sie von mir abschrieb – und eigentlich war das alles gar nicht möglich. Denn die Küche war viel zu klein für all das und ist es noch.

Gut möglich dagegen, dass Onkel Wladi eine Wand mit dem Vorschlaghammer herausgehauen hat, dass Oma Elsa gesagt hat *Ihr sejd verrieckt. Wenn das Haus zusammafälld!*, dass das Haus nicht zusammengefallen ist, dass überhaupt niemand es bemerkt hat, denn schließlich ist es verboten, Küchen größer zu machen.

Gut möglich aber auch, dass wir eingezogen sind und Babulya sagte: *Hier ist die Küche. Den Herd hierher, Wladi.* Dass Onkel Wladi sagte: *Das ist das Wohnzimmer, Babulya.* Und Babulya: *Wer braucht ein Wohnzimmer, das so groß ist?* Und Onkel Wladi: *Das ist Deutschland, Babulya.* Und Babulya: *Hier ist die Küche.* Und Onkel Wladi hat gehorcht und die Kabel verlegt, die Wasserleitungen umgeleitet, den Herd herübergeschleppt.

Gut möglich aber auch, dass es die Luft aus Sibirien war (eine Luft mit dem Geruch von Birkenharz in der Sonne, eine Luft wie eben geschmolzener Schnee) – Babulya hatte sie mitgebracht in ihrem Haar, unter dem Kopftuch, in ihren Lungen, ihrem Koffer mit den Töpfen darin. Und diese Luft verrückte die Wände der kleinen Hochhausküche, so dass sie groß wurde und Platz hatte für den Tisch, die Fischdosen und vor allem für die Geschichten, die Babulya erzählte, Valentina, Oma Elsa, Lilli, später auch Felek. Geschichten, denen Vitali, Nelli und ich zuhörten, während wir unterm Tisch saßen und uns von Gregorij zeigen ließen, wie man Sonnenblumenkerne im Mund schält.

Die Geschichten begannen mit Schwänen und Brennnesseln, gingen über zu Prinzessinnen in Schlössern aus Eis, sie machten kleine Abbiegungen Richtung Meer und endeten mit einer Hochzeit. Andere erzählten von schiefen Augen und einem Güterwaggon. Von Säcken mit Zement und einem Stempel auf einem Papier. Sie kannten einen rot angemalten Tisch, diese Geschichten. Ein Kleid mit einer Spitzenborte und eine getrocknete und in einer Bibel gepresste Blume, die Wunder tat – wenn die Taube um zwölf auf dem Giebel des Daches gurrte. Nur dass unser Haus ein flaches Dach hat, und weit und breit kein Giebel ist.

Nur dieser Tisch und diese Küche. Der Mittelpunkt unseres Universums. Ein winziger Punkt, um den die Planeten kreisen, die Sterne und Sonnen. Denn kann es Besseres geben, als um einen Ort voller Salbei, Salzgurken, eingelegtem Schaschlik zu kreisen? Einen Ort, an dem die Butter nie ausgeht und an dem Babulya mich auf ihren Schoß zog und mich, wenn ich einnickte, in die bestickte Steppdecke wickelte, in der ich auf der Küchenbank weiterschlief, umgeben von den Stimmen der anderen und dem Geruch nach Mehl und Hefe.

Es gibt die eine Geschichte und die vielen.

Die eine: Wir wanderten aus, wir bauten Häuser, wir waren fleißig und rechtschaffen. Dann verfolgt. Dann verstreut. Dann zurück. Fertig. *»Deutsche aus Russland: Sie waren Deutsche, und sie sind Deutsche.«*

Die eine: Wir waren Russen, aber ohne Bildung, ohne Dostojewski, Tolstoi, Tschaikowski. Dann holte uns Kohl, weil *irgendetwas mit einem Deutschen Schäferhund*, wir waren undankbar, kriminell und bekamen Geld und Kredite für viel zu große Häuser.

Die vielen: Oma Elsa mit ihren deutschen Wörtern und Gewohnheiten des 18. Jahrhunderts. Babulya mit immer noch Sibirien im Haar. Olga, eingeheiratet. Onkel Wladi, nie eine Gratifikation, weil zu deutsch. Onkel Heinrich Soder, Held der sowjetischen Landwirtschaft.

BABULYA

Geboren: im Schnee
Frühe Kindheit: winters am Feuer, sommers im Wald, lernt die Sprache der Zauberer
Jugend: fliegt mit den Schwänen
Spätere Jugend: liebt den Bär, folgt dem Mond, wird schwanger, hört auf, Schnee zu sein und Schwan und Wald
Feststellung: *Viele Jahre später brachte ich das Kleid aus Brennnessel und Schwanengefieder über die Grenze. Frag mich nicht wie, mein Kätzchen. In meinen Gedanken.*
P. S.: *Wenn ich sterbe, zieh es mir an. Dann werde ich fliegen. Und du hast kein Müh mit dem Grab.*

Als Onkel Wladi den deutschen Boden betrat, da war der deutsche Boden ein Stück Asphalt. Auf dem Flughafen Hannover-Langenhagen.

Onkel Wladi hatte seine Aktentasche in der einen Hand und Tante Irina an der anderen, so stieg er die Treppe vom Flugzeug hinunter. Eine Stufe nach der anderen, die Füße in braunen Schuhen, gekauft in Novosibirsk. Von Weitem sahen die beiden vielleicht aus wie John F. Kennedy und Jackie – nur die sowjetische Variante (für die Hiesigen) oder die russlanddeutsche (für uns). Wir werden es nie wissen, denn es war niemand da, der von diesem Moment ein Foto machte.

Es ging alles so schnell, Nanushka, ich dachte noch: jetzt! Und dann war es vorbei und jemand rief: Gehen Sie weiter! Und dann das Gepäck.

Der deutsche Boden war erst Asphalt, dann Linoleum. Er war ein Bahnsteig, dann eine Straße, ein Lager. Der deutsche Boden war Friedland. Und die gelben Fliesen bei Aldi. Erst später war er Parkett in kleinen Quadraten, war Teppich, war Weg bis zur Tür des eigenen Hauses, sogar Waldboden war er und Wiese. Er war aber nie das, was Onkel Wladis Vater versprochen hatte: ein Heimkommen wie in deiner Mutter Schoß, ein Ort ohne Fragen und ohne das Wort Fascisti.

Wobei: Fascisti waren Onkel Wladi, Tante Irina, Babulya, Oma Elsa, Valentina, Nelli, Vitali und ich nicht mehr. Jetzt waren wir die Russen. Die ersten dreißig Jahre etwa waren wir das. Bis einige von uns anfingen, eine Partei zu wählen, die kein Problem hatte mit Fascisti, Putin und dem

Gedanken, dass der deutsche Boden mehr war als Asphalt und Wiese. Wir wurden russische Fascisti oder: faschistische Russen oder: die, die man aufgenommen hat wegen eines deutschen Schäferhundes im Stammbaum und die jetzt …

Wie können sie so dumm sein und die wählen! (Ich. Zu Vitali. Zu Babulya. Zu Nelli. Oma Elsa.)

Lass die Männr ieber Palietijk rede, Nanushka! (Oma Elsa)

Haben wir noch Tee im Haus, Kätzchen? Geh schauen für mich. (Babulya)

Weil sie alles glauben, was auf Facebook steht. (Nelli)

Ach, Nanush, du kennst sie doch. (Vitali)

Nicht alle sind so. (Lilli)

Onkel Wladi frage ich nicht. Ich will die Antwort nicht hören.

Wenn ich morgens aufwache, denke ich an all die Menschen in unserem Haus.

16 Stockwerke à 5 Wohnungen. Ich kenne beinahe alle, die hier wohnen. Höre, sehe, rieche sie durch den Beton hindurch.

Die baptistischen Familien mit den vielen Kindern, die Mädchen immer in Röcken. Im Aufzug schauen sie zu Boden, und ich spüre ihre Verachtung wie ein ausgeklapptes Messer. An den Sonntagen und an den Mittwochen gehen sie in die Bibelstunde zu Bruder Rudolf.

Dann tragen die Frauen durchsichtige Kopftücher auf

ihren Haaren, und die Kinder sind noch ein bisschen stiller als sonst.

Und die anderen. Ich weiß, dass Mirna aus dem 8. Stock heute bei Jacquie aus dem fünften übernachtet hat. Höre sie kichern unter Bettdecken, wie Nelli und ich es früher taten. Erinnere mich an die Wärme unserer Körper.

Ich denke an die Alten, deren Rollatoren unten zwischen den Kinderfahrrädern stehen und die immer ein Stück Schokolade dabei haben für alle, auch für mich. Ich sehe, höre, rieche sie, allein in ihren Wohnungen. Oder in den Zimmern, die sie sich mit ihren Enkelkindern teilen.

12 STOCKWERKE UNTER MIR: BABULYAS KÜCHE

Schnee wie Milch
Milch wie Schnee
Nudelsuppe wie Regen
Wie Wolken: Sahnebaiser
Grüner Wackelpudding wie Wälder
Einmal steht ein Ferrari vor unserem Haus – eine solche Farbe haben Babulyas Hände, wenn sie Rote Bete schneidet.
Die kleinen Maiskolben aus dem Glas sind hellgelb. Wie das Geräusch, das sie machen, wenn ich hineinbeiße.
Ketchup (mit U gesprochen) auf den Pelmeni (wie Berge im Abendrot)
Schaschlik wie eckige Flusskiesel

Ich sehe Einbauschränke, Samowars und Felek, wie sie mit einem Oklava, einer Art Besenstiel, den Teig ausrollt. Später wird sie die Kinder wecken, dann die braune Strickjacke anziehen und putzen gehen.

Ich höre Frau Rappard im Erdgeschoss mit dem Blechlöffel in der Tasse rühren. Es ist die Tasse mit den vierblättrigen Kleeblättern. Höre eine Flasche umfallen in einer der Werkstätten, die die Männer sich weit unten in den Tiefgaragen eingerichtet haben. Mit einem Kofferradio und einem Kasten Bier. Die einzigen Orte im ganzen Haus ohne rosa Plastikblumen.

Hier oben, direkt unter meinem Bett, haben die beiden aus dem 15. Stock einmal die Woche Sex. Immer Samstagmorgens. Um 8. Oder vielleicht auch nicht beide – sondern nur er. Zumindest höre ich nur eine Stimme, eine Art von Keuchen. Aber das muss nichts bedeuten.

Ich bin meistens allein. Die Männer, die ich kenne, bleiben selten über Nacht. Und der Gedanke an Haus und Kinder, an Einbauschränke und selbst gebackenes Brot ist ihnen fremd wie ein fernes Land. Oder aber sie haben all das schon gehabt und wollen es nicht mehr.

Wenn sie gehen, öffne ich das Fenster. Dann stürzt der Himmel in mein Bett, mal blau, mal schwarz oder grau. Die Muttermale auf meinem nackten Körper sind Sterne. Milchstraßen. Planetenkonstellationen. Und ich stelle mir vor, Jurij Gagarin in Uniform stiege direkt aus seinem Raumschiff zu meinem Fenster herein, legte seinen Kosmonautenhelm auf die Kommode mit meinem Plastikschmuck, ginge in die Küche und kochte mir Kaffee.

ICH, NANUSHKA

Geboren: Im Jahr vor dem Jahr der Reise

Frühe Kindheit: eingewickelt in den Mantel aus Fell

Jugend: eingewickelt in Babulyas Welt und in die Bücher aus der Stadtbibliothek

Spätere Jugend: bricht mit Vitali den Zigarettenautomaten am Ende der Sackgasse auf, trägt dabei den Steppenwolf in der Tasche des blauen Anoraks, wird Wald, wird Feld, wird Jahrgangsbeste

Feststellung: *Ich lernte, ohne Akzent zu sprechen, ohne Akzent mich zu kleiden, zu schlafen, zu essen. Ich trieb mir die Wörter aus. Babulyawörter, die schmeckten wie Smetana und wie die kleinen gesalzenen Fische aus dem Laden, in den ich nicht mehr ging.*

P. S.: *Wenn der Wind russisch spricht, hör nicht hin. Hör doch hin.*

Jede Wohnung in unserem Haus hat einen Balkon. Manche zwei. Sogar Valentina und Vitali haben einen Balkon, dabei wohnen sie im Erdgeschoss. Der Balkon hängt nur wenige Zentimeter über dem Boden, aber er ist da. Vitalis Hanteln liegen auf diesem Balkon. Und ein Wäscheständer lehnt an der Wand.

Auf Feleks Balkon steht ein Ofen, auf Oma Elsas wachsen Geranien. Auf meinem ist nur ein Stuhl, ein Tisch, der Staubsauger. Manchmal trage ich einen Sessel hinaus. Babulyas Balkon ist im Sommer voll mit Pflanzen: eine Palme, ein Drachenbaum, Birken, die aus den Samen gewachsen sind, die der Wind brachte, Tomatenstauden natürlich, Giersch. Auf einem kleinen Regal: Petersilie, Dill, Basilikum aus dem Supermarkt, aber mittlerweile groß wie ein Strauch, die Wände hinauf Wein. Zwischen all dem ihr Liegestuhl mit den orangefarbenen Blumen auf Frotteestoff. Der Liegestuhl ist viel älter als ich, es gibt ihn länger, als wir in Deutschland sind. Babulya hat ihn von irgendjemandem geschenkt bekommen, kurz nachdem wir eingezogen sind (*Was brauuchscht du eijn Liegestuuhl, Babulya? Du liagst doch ned.* (Oma Elsa)) Babulya legt einen Sack Erde darauf, um sich nicht so viel bücken zu müssen. Ihre Hacke. Einen Blechlöffel. Und früher mich.

In dem Sommer, in dem Babulya viel schläft und, wenn sie wach ist, Bären sieht, sitze ich oft in diesem Liegestuhl. Morgens mit einer Tasse Kaffee in der Hand. Abends mit Bier, später Wodka (*Kann es sein, dass du zu viel trinkst, Nanush?* Ja. Es kann sein. Aber ich würde es nicht zugeben. Nicht einmal vor Vitali.). Der Himmel ist sehr blau in diesem Sommer, auch abends noch. Die Krähen davor wie fliegende Fetzen von verkohltem Papier (die Buchstaben sind verbrannt, die Geschichten nur noch ein ferner Klang in unseren Köpfen). Der Balkon ist aus Beton wie unser ganzes Haus. Und er schwankt unter mir, wie unser ganzes Haus schwankt. Weil die Erde sich dreht und der Wodka. Der rechteckige Balkon verformt sich. Würde ich mich jetzt weit genug vorlehnen über die Brüstung, dann wäre alles weich, und ich fiele in einen Frühling in Sibirien. Aber ich tue es nicht. *Jetzt sind wir hier, Babulya. Jetzt sind wir hier, Nanushkinia.* Sage ich zu mir selbst.

In den Fluren vor unseren Wohnungen stehen kleine Hocker mit Monstera, Grünlilien, Gummibäumen (wie in den hippen Cafés in der großen Stadt, nur dass weder Babulya noch Oma Elsa noch Felek oder sonst jemand weiß, dass auch Pflanzen in Mode sein können). In den Töpfen Maulwürfe aus Keramik.

An den Wänden hängen Puzzle-Bilder »1000 Teile, Welpenglück«, »2000 Teile, Sternennacht van Gogh«, »5000 Teile, Abends am Hafen«. Und auf Holzplatten aufgeklebte verblasste Drucke mit Bildern, vielleicht vom Schwarzwald, vielleicht aus Sibirien.

Auf unseren Fußmatten steht »Welcome«, »Home« und »Mallorca«.

In jedem Stockwerk riecht es anders. In einem nach Zwiebeln. In einem anderen nach Rauch und Aftershave.

Früher haben Babulya, Oma Elsa und Valentina Klappstühle in die Flure gestellt. Auf denen saßen sie, tranken Tee und schauten Vitali, Gregorij, Nelli und mir zu, wie wir auf unseren Bobbycars und Dreirädern übers Linoleum flitzten.

Heute dürften genau genommen nicht einmal die Schuhe von Vitali auf dem Flur stehen, ganz zu schweigen von den Pflanzen, Hockern, Maulwürfen: Brandschutz. Aber zum Glück sagt der Hausmeister Herr Rappard nichts. Frau Rappard putzt um die Hocker herum. Immer dienstags. Wenn ich dann von der Arbeit komme, sind meine und alle Fußmatten an die Wand gelehnt: Welcome home, Mallorca!

Ich schließe die Tür auf, gehe hinein. Ich ziehe die Schuhe aus (nie würden wir in Schuhen durch eine Wohnung laufen, ich kann immer nicht fassen, dass die Hiesigen das tun), hänge den Anorak an die Garderobe. Ein paar Minuten stehe ich dann nur da, mit geschlossenen Augen, und warte, dass all die Geräusche und Gerüche und Farben des Tages in meinem Kopf weniger werden. Die Stimmen der beiden Kundinnen, die sich beschweren über den Zustand der Zwiebeln und den der Welt insgesamt, das Parfüm der Kolleginnen im Pausenraum, die orangefarbenen Aufkleber auf dem Käse aus dem Sonderangebot, den ich über den Scanner ziehe. Der Hall von all dem wird weniger und weniger, während ich dastehe, weniger und weniger, bis es ganz still ist und ich die Augen wieder öffne.

Welcome home, Nanush.

Babulya liebt mich und den Urgroßvater (wie ein Bär war er, mein Kätzchen, wie ein Bär und seine Augen). Mome liebte die Freiheit. Großmoder die Ordnung. Ich liebte früher und auch jetzt Kakao, so wie ihn die Hiesigen machen. Valentina liebt Vitali. Der alte Herr Ebinger die Erinnerung ans Fliegen und die Elegien Hölderlins. Vitali liebt das Gefühl, nie mehr der Schwächere zu sein. Felek liebt ihre Kinder und mich auch. Der Mann, den ich in Trainingskleidung und Schuhen, auf denen er balanciert, im Aufzug treffe, liebt das Radfahren. Seine Frau das Geräusch ihrer eigenen Schritte in der leeren Wohnung. Herr P. aus dem anderen Haus liebt im Grunde nur sich selbst, aber Babulya sagt, das stimme nicht, er liebe niemanden und nichts. (*Aber, Babulya, man kann nicht leben, ohne zu lieben. / Da hast du recht, mein Kätzchen. Vielleicht täuscht deine Babulya sich, und er liebt auch etwas. Den Gedanken daran, dass er klüger ist als wir.*) Eugen liebt Putin und das Vaterland. Bruder Rudolf liebt die Heilige Schrift, sein Sohn Alexander auch, aber noch mehr liebt er das, was passiert, wenn er bei Gregorij ist. Gregorij liebt den Moment, wenn er ein gutes Geschäft gemacht hat. Nelli jenen, wenn der Schmerz nachlässt. Lilli liebt ihren Mann. Und ihr Mann sie, auch wenn er es nie sagt. Oma Elsa liebt ihre Enkelkinder und ihre Urenkelkinder und überhaupt alle Kinder in unserem Haus und außerdem Sahne aus der Dose zum Sprühen.

So lieben wir unentwegt. Und selbst wenn dieses Land keine Anstalten macht, uns auch nur zu mögen, so liebt uns doch der Wald, der Schnee und nicht zuletzt der Wodka aus großen Gläsern.

Und es liebt uns dieses Haus. Und wir lieben es zurück.

Oma Elsa (geboren im Dorf Großliebental am Schwarzen Meer) kann kein Wort Russisch. Und keines Hochdeutsch.

Was hejt ieh Russisch kenne solle? Wir waren Deijtsche.

Aber in der Schule, Oma Elsa?

Wejlche Schul? Die Brieder zeijgte den Buaben die Schrift. Und fier die Mädels reijchte des Zehle. Fienf Eier. Zwelf Kiehe.

Und Onkel Wladi, Oma Elsa? (Onkel Wladi ist mein Onkel,

denn auch wenn Babulya in Sibirien war und Oma Elsa und Onkel Wladi am Schwarzen Meer und in Kasachstan, so sind wir doch alle eins.)

Der hojt eijnmal Priegel komme von deijnem Ehnje Erich. Wladi und Victor hent Russisch gschproche. Darhejm. Erich hot den Stock gehojlt. Die Sau frisst aus ihrm eiigen Trog, hat er gschriejn.

Welche Sau, Oma Elsa?

Er hojt gemeijnt: Wo du hejrkommscht, da bleebscht du ouch. Eijne Sau geht ned zu eiinem andren Trog. Ond ein Deijtscher verläscht ned seijne Sprach. Schlimm gnug, dass sie in dr Schul habn Russisch riede misse.

Und draußen, Oma Elsa?

Draußen hen de Kinder Russisch rede solle. Deijtsch war verboten. Deijtsch war Fascisti. I ben nimmer naus gange dann.

Babulya kann Russisch.

Wie habt Ihr mit Mome gesprochen, Babulya?

Deutsch, mein Kätzchen. Im Haus. Draußen Russisch.

Und mit mir?

Du warst so klein, Nanushkinia. Du konntest noch die Sprache der Engel.

Wie hat Mome mit mir gesprochen? Sagt es!

Russisch. In den ersten Tagen. Dann Deutsch. Sie wusste: Ich würde dich mitnehmen nach Deutschland.

Habt Ihr sofort alles hier verstanden, Babulya?

Fast alles. Nur die neuen Wörter nicht.

Neue Wörter?

Na, die elektrischen Wörter. Und die grauen Wörter. Die auf den

Formularen. Ein-bürger-ungs-nach-weis. Familien-nach-zug. Ampel.

Ampel, Babulya?

Ja, Kätzchen. In Friedland hab ich einen Hiesigen nach dem Weg gefragt. Der Weg zum Amt. Er sagte: Geradeaus und vor der Ampel rechts. Ich bin herumgeirrt, ich sag dir. Ich wusste nicht, was eine Ampel ist.

Gab es in Sibirien keine Ampeln?

Doch, natürlich, meine Kleine. Aber ich kannte das deutsche Wort nicht. Als meine Ureltern gerufen wurden von der Zarin, hundert-hundert Jahr zuvor – da gabs keine Ampeln. Nur Wälder, Flüsse, ein Stück Land und die Bibel.

Valentina und Vitali sprechen miteinander Russisch. Mit Babulya und mir sprechen sie Deutsch. Gregorij und Vitali sprechen Russisch mit deutschen Wörtern dazwischen. Nelli und ich früher Deutsch mit russischen Wörtern dazwischen. Lilli spricht Deutsch mit allen, auch mit ihren Kindern. Ihr Mann auch. Nur der Fernseher spricht Russisch.

Vitali und ich sprechen Deutsch. Aber sowieso sprechen wir mehr mit den Augen miteinander als mit Worten. Mit seinem Hund spricht Vitali Russisch. Ich spreche mit dem Hund nicht. Vitali ohne den Hund war mir lieber. Aber darüber sprechen wir nicht, nicht mit den Augen, nicht mit Worten und auch sonst nicht.

Felek und ich sprechen Deutsch miteinander. Mit ihrem Mann spricht sie kurdisch. Mit den Kindern türkisch. Ihre kleinen Gebete: über dem Brotteig, an meiner Tür, für Frau

Merkel, Babulya, die Kinder, ihren Mann, mich, den Weltfrieden: allesamt kurdisch. Auch kurdisch war verboten, wenn ich sie recht verstehe. Als ob man Gebete verbieten könnte. Als wären sie nicht wie Löwenzahnsamen: winzige fliegende Fallschirmchen, die sich nicht einfangen lassen, nicht ausrotten. Sie wurzeln selbst in Rissen mit nichts als Staub darin und beginnen dort zu blühen.

Als ließe sich die Sprache aufhalten von Diktatoren oder prügelnden Vätern. Denn selbst wenn wir sie hinunterschlucken, sie verschweigen, uns den Mund auswaschen: Sie ist doch in uns. Mischt sich mit anderen. Auch in unseren Träumen ist sie da. In meinen spricht Mome Russisch. Sie spricht Türkisch und einen Dialekt aus Aserbaidschan, und eigenartigerweise verstehe ich sie. Nur wenn ich aufwache, weiß ich nicht mehr, was sie gesagt hat. Nur dass ihre Worte nach Salz schmeckten und nach Honig.

Was bedeutet das, Babulya?

Es bedeutet, dass wir die Butter salzen müssen, mein Kätzchen. Und Joghurt mit Honig essen.

Was bedeutet es noch?

Dass auch du ein Reh bist, meine Kleine.

Ich fahre Aufzug. Eigentlich immer. Das Treppenhaus benutzt niemand von uns. Jedenfalls nicht, um von einem Stockwerk zum anderen zu kommen.

Unser Aufzug ist groß (im Vergleich zu den Aufzügen

in den alten Häusern in der großen Stadt; er ist klein im Vergleich zu den Aufzügen in den Hotels, in die Valentina, Vitali, Nelli und die anderen im Sommer fahren). Er lässt sich auch noch vergrößern: mit einem kleinen Schlüssel, den nur der Hausmeister Herr Rappard hat, kann man die hintere Wand öffnen. Dann passt ein Sarg in den Aufzug. So groß muss er sein. Deutsche Vorschrift. Manchmal denke ich daran, wenn ich allein im Aufzug bin: dass einmal Babulyas Sarg hier nach unten fahren wird (und sie selbst nach oben, bis hinauf zum Dach, zu den Handymasten, Krähen, Schwänen, Engeln).

Ich denke daran und will nicht daran denken. Ich weiß: Es ist nicht mehr lang bis dorthin. Und ich weiß nicht, was danach sein wird. Wer ich sein werde. Unser Haus. Der Himmel. Der Wald. Ob alles verschwinden wird. Fortfahren mit dem Mercedes Silber Metallic, Edition Leichenwagen. Oder sich ganz auflösen. Bis nur noch eine helle Lücke da ist, wo das Haus und wir gewesen sind. Eine Lücke, die sich nicht neu bebauen lässt.

Ein Greifvogel kreist über unserem Haus. Zuerst halte ich ihn für eine Krähe. Aber er ist so viel größer und seine Schwingen nicht nur schwarz, sondern auch weiß gegen den ebenfalls weißen Himmel. Ich zeige ihn Babulya.

Sie sagt: *Sie kommen zurück, mein Kätzchen.*

Wer »sie«?

Na, sie!

II WALD

Woher wir gekommen sind: aus einer Weite, aus dem Wald und dem Winter.

Wir sind aus dem Frühling gekommen, mein Kätzchen, sagte Babulya. *Aus Friedland. Aus Kriegland. Wir kamen von hier und gingen nach dort. Wir kamen von dort und gingen nach da. Wir mussten. Schließlich dann kamen wir von dort und gingen nach hier.*

Sie schlug meinen Schulatlas auf (wann war das? Zu einer Zeit, als es noch Schulatlasse gab. Vitali vergaß seinen unten in der Wohnung bei Valentina, und wir schauten in meinen, beugten unsere Kinderköpfe über den Atlas auf Babulyas und meinem Küchentisch). Babulyas Finger (viel weniger gekrümmt als jetzt) wanderte über die grüne die braune die blaue Karte. Von Süddeutschland an den Kaukasus und weiter ans Schwarze Meer. Von dort nach oben. Bis dorthin, wo die Seite aufhörte.

Sibirien, seht ihr? Und manche nach da. (der Finger wieder nach unten und rechts) *Kasachstan. Und dann ...*

Deutschland!, rief Vitali. *Wo ist unser Haus, Babulya?*

Und heute würde Babulya wohl die Karte mit Daumen und Zeigefinger auseinanderziehen, so dass sie größer würde auf dem Display, immer größer, wir immer näher, wie ein Greifvogel im Sturzflug über unserem Haus, die Krallen voran. Aber damals nicht, denn mein Atlas war aus Papier. Und so sagte Babulya nur: *Hier. Hier ist es.*

Und wir wunderten uns, wie winzig Deutschland war und wie riesengroß Sibirien.

Warum sind wir nicht dort?, fragte ich.

Und Babulya: *Du bist zu klein, um das zu verstehen, mein Kätzchen.*

Und Vitali: *Dürfen wir fernsehen, Babulya?*

Und Babulya: *Erst die Hausaufgaben.*

Und dann schrieben wir und rechneten, und Vitali flüsterte mir zu, dass wir morgen lieber bei ihm unten sein sollten, weil Valentina nie an die Hausaufgaben dachte und wir immer fernsehen durften.

Später nahm ich den Atlas mit in das große Bett, in dem Babulya und ich schliefen. Bevor die Nacht kam und die Engel des Schlafes, fragte ich: *Wo war Euer Haus, Babulya? In Sibirien?*

Ich legte den Finger auf die Stelle, die Babulya mir zeigte, und dachte, sie müsste doch kälter sein von all dem Schnee dort. Aber Babulya sagte: *Es ist Frühling, meine Kleine. Und es wird Sommer.*

Die Frau mit dem roten Kopftuch sitzt immer an der Bushaltestelle. Als wohnte sie dort und nicht in unserem Haus. Sie ist schon länger bei uns. Vielleicht Monate, Jahre, vielleicht aber auch erst Wochen oder Tage. Niemand erinnert sich, wann sie eingezogen ist. Sie war einfach da. Manche halten sie für eine Kasachin. Andere schwören, sie habe türkisch gesprochen, syrisch oder einen Dialekt aus Aserbaidschan. Fährt man im Aufzug mit ihr, dann träumt man in der Nacht darauf von den Birkenwäldern Sibiriens, Kaffee mit Büffelbutter oder von der Schürze der Großmutter aus dem Schwarzwald.

Die Frau hat bestimmt einen Namen, aber niemand

kennt ihn. Nicht einmal der Hausmeister Herr Rappard wagt es, sie danach zu fragen. Ihr Klingelschild bleibt leer.

An der Bushaltestelle raucht sie und schaut und wartet. Wie auf den Bus, einen Liebhaber oder vielmehr auf den Regen, den Wind.

Jacquie, Lillis Nichte, war anfangs die Einzige, die mit ihr sprach. Über das Wetter, die Schule und Rihanna. Später über die Liebe und das Meer und den Tumor im Bauch des Großvaters.

Die Frau mit dem roten Kopftuch sagt selten etwas. Sie hört zu und nickt. Manchmal lacht oder weint sie. Manche von uns setzen sich neben sie, lehnen den Kopf an ihre Schulter, flüstern ihr ins Ohr und hören sie summen. Danach ist alles einfacher.

Heute trägt die Frau mit dem roten Kopftuch goldene Ohrringe, sage ich zu Babulya. *Seht Ihr? Vielleicht hat sie Geburtstag.*

Jemand hat mir erzählt, sie kenne Bibel und Koran. Und habe neulich mit Oma Elsa gesungen: *Hätt ih Fliegel, flejg ich ieber Wald ond Hiegel …* Seither hat Oma Elsa nie mehr ihr Knie erwähnt, auf das sie seit Jahren Sauerkraut und Quark legen musste.

Wie geht es Oma Elsa?, frage ich Babulya. Schaue kurz zu ihr, dann zurück aus dem Fenster zur Bushaltestelle. Die Frau mit dem roten Kopftuch ist verschwunden. Auf der Bank unter dem verdreckten Glasdach sitzt nur eine Krähe. Krächzt. Fliegt auf. Bis hinauf zu uns. Setzt sich außen aufs Fensterbrett und sieht mich mit einem Auge an. Lange. Sehr lange.

Du sollscht den Kräihjen ned in die Oogen schaue, Nanushkinia! Sagt Oma Elsa immer. *Es briengt nix als Onglieck.*

Aber ich sehe die Krähe trotzdem an. Oder die Krähe mich. Oder wir uns. Oma Elsa hat sie Glück gebracht. Vielleicht ja auch mir.

Oma Elsa ist die Oma von allen. Sie hat so viele Enkelkinder, dass sie sogar selbst den Überblick verloren hat. Ich erinnere mich an kein Jahr, in dem nicht eins von Oma Elsas Enkelkindern getauft oder konfirmiert worden wäre oder geheiratet hätte. Sie sitzt dann am gleichen Platz, an dem sie immer in der Kirche sitzt, nur ein bisschen aufrechter. Wenn sie Geburtstag hat, kommen die Erzieherinnen mit den Kindergartenkindern an ihre Wohnungstür und singen »Wie schön, dass du geboren bist«. Als sie achtzig wurde, brachten sie ihr ein Plastikdiadem mit, so eines, wie es die Mädchen im Kindergarten an ihrem Geburtstag bekommen. Oma Elsa setzte es auf. *Jetzt bin ih eendlich eijne Kenigin,* sagte sie und lachte und lachte.

Früher hat Oma Elsa nicht in unserem Haus gewohnt, sondern in einem anderen. Bis ein Bagger kam, der das Haus, in dem Oma Elsa und fünfzig andere wohnten, zermalmte. Er stieß seine Zähne in die Fensterscheiben. Schleuderte ganze Betonplatten weg, dass es staubte.

Das war der Fortschritt. Niemand sollte mehr in zu kleinen Zimmern wohnen mit noch kleineren Küchen, Balkons wie Hühnerkäfigen und Asbestplatten auf der Fassade. Was jetzt kam, waren große Räume, Energieeffizienz und solche Hiesige, die nicht Putins Propaganda-Sender schauten, sondern 3SAT, Arte und Breaking Bad.

Der Bagger kaute die Wände zur Straße hin ab. Nur eine Wand blieb stehen, daran noch ein Stück von Oma Elsas Blumentapete – nachgedunkelt im Lauf der Jahre, heller dort, wo das Bild mit dem Goldrahmen gehangen hatte. Es war da Vincis Abendmahl gewesen – in knallbunten Bonbonfarben. Darunter hatte das Sofa gestanden, davor der gekachelte Tisch mit den gefüllten Piroschki darauf, den Tassen, dem Instant-Kaffeepulver und den kleinen Gläsern aus Bleikristall, gefüllt mit Dornfelder, lieblich. Babulya, Lilli, Valentina, ich und die anderen hatten an jedem von Oma Elsas Geburtstagen mit diesen Gläsern angestoßen und ihr noch viele gute Jahre gewünscht. Wenn ich ging, packte sie mir einen Haufen Piroschki in eine alte Langnese-Eis-Packung. Es war ganz unmöglich, dieses Geschenk nicht anzunehmen. Ein bisschen, als wäre es sie selbst, die ich da dann mittrug in meiner Tasche. Und ich dachte an sie, während ich mir abends die Piroschki in der Mikrowelle warm machte: an ihr schiefes linkes Auge, ihre weichen faltigen Wangen, das Plastikdiadem auf ihrem Kopf, ihr Kichern. Ich dachte daran, wie verschieden wir waren und wie sehr ich sie mochte.

Schließlich stürzte auch die Wand mit der Tapete in die Tiefe.

Oma Elsa wohnt jetzt in unserem Haus – bei einer ihrer Töchter. Sie teilt sich ein Zimmer mit der Urenkelin. Die

Kristallgläser und das bunte Abendmahlbild hat sie mitgenommen. Sie liegen im Schrank.

Wiellscht du des Bild, Nanushkinia? Meijn Dochder mog es ned.

Ich mag es und nehme es mit. Vitali bohrt für mich Löcher in den Beton. Und ich hänge Jesus in Weiß, Petrus in Pink, Andreas in Türkis wie Badezusatz, Judas in Neongelb in meine Küche. Über das kleine Regal, das mir Heinrich Soder, der alles kann, geschreinert hat und auf dem die Dose mit dem Mokkapulver steht und der Cezve mit dem roten Stiel, den mir Felek geschenkt hat. *Das tut zu meinem Gedächtnis.*

Brillen: Oma Elsa hat eine. Sie setzt sie auf die Nasenspitze, wenn sie etwas liest. Das Fernsehprogramm. Einen Heftroman. Im Geistlichen Liederschatz. Babulya hat keine Brille.

Du seijhscht scharf wie ejn Adler, sagt Oma Elsa.

Scharf wie Harissa. Oder wie Zwiebeln. Oder wie ein frisch geschliffenes Messer.

Vielleicht stimmt das. Vielleicht auch nicht. Ich habe Babulya schon lange nicht mehr lesen sehen. Die Lieder singt sie auswendig. Beim Kochen braucht sie die Waage und den Messbecher mit den kleinen Zahlen und Strichen nicht. Ihre Hand weiß, wieviel Mehl, wieviel Wasser, Zucker, Salz, Gurke.

Lies mir vor, meine Kleine. (Babulya, vom Sofa her)

Was soll ich Euch vorlesen, Babulya?

Etwas über den Wald, Kätzchen.

Und ich googele auf meinem Handy »Wald, Sibirien«. Dass der Wald dort brennt, schlimmer als je, sage ich Babulya nicht. Stattdessen lese ich ihr vor aus Wikipedia, von der borealen Zone, der hellen und dunklen Taiga.

Halb im Schlaf sagt sie: *Nur Regen hilft.*

Nur Regen, Babulya?

Gegen das Feuer, mein Kätzchen.

Scharf wie ein Adler. So sieht sie noch mit geschlossenen Augen. Ich kann tun, was ich will.

Dann beginnt es zu regnen, und es hört nicht mehr auf. Der Beton wird dunkel wie Gewitterhimmel, der Sand in den Sandkästen grau und schwer wie Zement. Das Wasser sammelt sich in den Schlaglöchern, und die Astern in den kleinen Vorgärten werden braun. Nachmittags drängen sich die Mütter unter das Vordach des Kindergartens, wo sie ihre Kinder abholen, und denen ohne Permanent-Make-up läuft die Farbe aus den aufgemalten Augenbrauen.

Vielleicht, sagt Babulya, *ist die Taufschale in der Kirche ausgelaufen, das Wasser von zweitausend Jahren seit der Zeit am Jordan, als der Täufer …*

Babulya, sage ich, *die Taufschale in unserer Kirche ist doch keine dreißig Jahre alt.*

Du bist in ihr getauft worden, Kätzchen.

Aber Ihr hattet mich doch schon in Sibirien taufen lassen, Babulya.

Doppelt hält besser, meine Kleine. Du weißt doch: Bei der Taufe

bekommen wir einen zweiten Schutzengel. Den ersten bei der Geburt. Und nun hast du drei. Ich dachte: Du brauchst auch einen hiesigen. Der Pfarrer wollte dein Kettchen mit dem Kreuz nicht taufen. So sind sie hier. Da hab ich's heimlich ins Wasser gelegt.
Vielleicht, sage ich und schaue auf den Regen vor Babulyas Fenster, *vielleicht hat aber auch nur Lilli die Plastikflasche mit dem Johanneswasser nicht richtig zugemacht.*

Immer im Januar geht Lilli mit ihren Cousinen zum Neckar, diesem schwäbischsten aller Flüsse, dem kleinen Bruder von Donau und Wolga. Sie nehmen Eimer mit und schöpfen das eiskalte, dunkelgrüne Wasser – wie es ihre Mütter getan haben und deren Mütter. Das Wasser tragen sie den Berg hinauf. Schweigend. Sie grüßen nicht einmal den alten Herrn Ebinger, der seinen Hut lüpft und sie »gnädige Frauen« nennt. Schweigend gehen sie in ihre Wohnungen. Schweigend stellen sie ihre Eimer auf die kleinen Balkone. Auf die Tische mit den abwischbaren Tischdecken. Dorthin, wo in dieser Nacht der Vollmond scheint. Er spiegelt sich im Wasser und färbt es quecksilbern.

Sie sprechen die heiligen Worte: *Quell der Barmherzigkeit, Born aller Huld / durch die Gebete deiner Heiligen / Vater unser ...*

Dann gehen sie hinein und verbrennen schweigend in einem Topf auf dem Herd Salbei. Auf dass die Wohnungen vorbereitet sind für das neue Jahr und das neue Wasser, mit dem Lilli und die anderen am nächsten Morgen sich und ihren Männern und ihren Kindern die Augen waschen.

Heiliges Wasser, geschöpft wie aus dem Jordan, gesegnet nicht von einem Priester, sondern vom Mond und den Händen der Frauen. Händen mit pinkfarbenen Gel-Nägeln, verziert mit kleinen Glitzersteinchen.

Wasche mich, Heiland, so werde ich weiß wie der Schnee.

Lilli bringt auch mir eine Flasche von diesem Wasser. Und Babulya. Jedes Jahr. Meistens hat Babulya noch etwas vom vergangenen Januar übrig, ich dagegen habe es im Februar schon aufgebraucht. Es gibt so vieles, was mir wehtut, vor allem im Winter.

Jetzt regnet es also und hört nicht mehr auf.

Eine ewige Taufe, sagt Babulya.

Bis unsere Seelen aufgeweicht sind, sage ich. *Und die Taube uns endlich einen Zweig vom Kaukasus bringt.*

Aber vielleicht sage ich es auch nicht und denke es nur. Stehe weiter am Fenster und schaue hinaus.

IM REGEN:
Wölfe und vielleicht ein Zug.
Der Flug der Krähen.
Der Flug der Schwäne.
Autobahnen von fern.
Ticketautomaten.
Wolken.
Noch mehr Wolken.
Der neunlöchrige Löffel aus Blech, hell wie ein Mond.

Milch.

Schnee.

Die Bewegung, mit der Babulya sich das Kopftuch umbindet, die weiße Strähne rechts darunterschiebt.

Die Bewegung, mit der ich den weißen Supermarktkittel überziehe.

Der Drehstuhl an meiner Kasse.

Ein 6er-Pack Underberg, nichts weiter

(*WarenSiezufriedenmitIhremEinkaufichwünscheIhneneinenschönenTag.*)

Kühltruhen.

In meiner Kitteltasche der neunlöchrige Löffel aus Blech, hell wie ein Mond (siehe oben) – wie ist er dort hingekommen?

Noch einmal Wölfe und vielleicht noch ein Zug.

Später am Tag fließt das Wasser hinunter in die Tiefgaragen. In Sturzbächen. Dort mischt es sich mit dem Staub und dem Dreck des Sommers. Vitali flucht und bringt sein Auto ins Parkhaus vom Real. Der feuchte Schlamm ist überall. Er klebt an meinen Schuhen. Er spritzt Oma Elsa bis ans Knie und in den Korb ihres Rollators.

Die Kinder sammeln den Schlamm und formen daraus kleine Figuren, die sie auf die überdachte Bank der Bushaltestelle setzen: Löwen, Bären, Dinosaurier und einen Tausendfüßler mit Beinen aus Splittern von bunten Pommesgabeln.

Die Frau mit dem roten Kopftuch ist wieder da. Sie sitzt

inmitten von all dem Getier, unbeeindruckt vom Regen, eine Zigarette im Mundwinkel. Die Füße in Gummistiefeln, graubraun wie der Schlamm. Sie zeigt Dima, einem von Oma Elsas vielen Urenkelkindern, wie er den Zackenkamm seines Sauriers noch ein bisschen spitzer machen kann. Die Augen noch ein bisschen echter. Seine kleinen dicken Hände fahren dem Schlammwesen über den Rücken, und ich kann etwas wie ein zufriedenes Keuchen hören, das nicht von Dima kommt, denn der plappert unentwegt von Oma Elsa und dem Kindergarten und dem Flugzeug, das es letzte Woche beim Happy Meal gegeben hat.

Das Keuchen kommt wohl vom Wind oder vom Regen. Ebenso wie das leise Kratzen. Es hört sich an, als streiften Krallen über Holz. Krallen von wilden Tieren aus anderen Zeiten, von anderen Orten. Sie hinterlassen Kratzspuren in den Metallstreben der Bushaltestelle. Später finde ich ähnliche Spuren an unseren Briefkästen.

DIE FRAU MIT DEM ROTEN KOPFTUCH

Geboren: am Jenissei, Republik Tuwa

Frühe Kindheit: watete durch den kleinen Fluss, konnte zaubern, band der Schamanin die Federn an die Trommel, rannte dem Wind nach

Jugend: watete durch den großen Fluss, konnte immer noch zaubern, flog wie eine Krähe, sprach mit der Wölfin an der Weide

Spätere Jugend: nahm das rote Kopftuch wie andere den Habit, reiste zu Fuß, zu Wasser, zu Land, zu Feuer und Luft

Feststellung: *Jede Schamanin hat ihren eigenen Ort,*
an den sie zurückkehrt.
P. S.: *Der Schamaninnenort kann auch eine Bushaltestelle sein.*

Einmal hat die Frau mit dem roten Kopftuch unser Haus in den Wald gehängt. (Babulya. Früher.)

Unser ganzes Haus, Babulya?

Ja. Du warst noch sehr klein, mein Kätzchen. Du erinnerst dich nicht. Der Wald leuchtete. Er veränderte seine Farbe. Weiß wie die Knochen der Toten. Apricot wie Tante Liljas Frotteehandtücher. Der Wald atmete, als wäre er ein einziges Lebewesen. Blaues Nixenhaar, meine Kleine.

Und unser Haus hing in einem Baum?

Ja. Wie ein Nistkasten.

Schauten wir aus den Fenstern, Babulya?

Ja. Ich hielt dich fest.

Hatten wir keine Angst?

Doch. Aber wir wussten: Es ist richtig so. Wir gehören dem Wald, mein Kätzchen. Und der Wald gehört uns.

Wie lang waren wir dort?

Drei Tage und drei Nächte. Die Dämmerung eine Decke, die sich über uns legte.

Haben wir Mome dort getroffen, Babulya? Du hast gesagt, sie wohnt im Wald.

Ja. Wir haben sie gesehen. Sie balancierte über die Äste aus Farbe und Licht.

War sie ein Mensch oder ein Reh?

Beides, meine Kleine, beides.

Warum blieben wir nicht bei ihr?

Wir wachten auf, meine Kleine. Und dann kam der Bescheid: Häuser dürfen nicht in Bäumen hängen – nicht solche wie unsere aus Beton. Sie sind zu schwer. Wir hatten nicht gefragt auf der Meldestelle.

MOME

Geboren: im Jahr der großen Ernte, im Monat des hellen Himmels, am Tag, als die Mücken flogen

Kindheit: barfuß und wild

Jugend: barfuß und wild

spätere Jugend: Haare wie Gold in der Sonne, fährt mit der Eisenbahn in die Stadt, raucht wie ein Mann, trinkt wie ein Mann, liebt wie ein Mann. Stiefel bis über die Knie, ihr Herz das eines wilden Rehs. Babulya zu mir: *Deine Mutter hatte den Trotz deines Urgroßvaters, meine Kleine – und die Zähigkeit des Sommers, wenn er den Schnee verschlingt. Sie hatte den Eigensinn der Rehe, die niemand zähmen kann.*

Momes Feststellung: *Ich blieb. Wusste: Dort, wohin all Unsere gingen, war nicht die Freiheit, die mir Atem war und Brot.*

P. S.: *Wer hätte dich besser hüten können, Nanushkinia, als Babulya? Wer mehr dich lieben? Wenn ich an dich denke, fliegen die Mücken im Licht. Wenn sie fliegen, denk ich an dich.*

Babulya hat Großmoder geboren.

Großmoder hat Mome geboren.

Mome hat mich geboren.

Nur ich habe niemanden geboren. Oder doch: Wörter auf Zetteln, die ich wieder verliere.

Im Wald wuchs anfangs (anfangs ist: die Jahre nach Friedland. Die Pässe noch ohne Knick) alles, was wir brauchten. Fast alles. Schulhefte nicht. Auch nicht das Deutsch der Hiesigen. Nicht die Selbstverständlichkeit von Anna, die in der Schule vor mir saß und deren Mutter Lehrerin war (sie wusste, dass sie willkommen war, und baumelte dabei mit den Füßen. Füße in teuren Turnschuhen).

Aber sonst wuchs fast alles im Wald: Waldmeister, Kirschapfel, Pilze, Schleierkraut (am wichtigsten: seine Wurzel). Ich rannte voraus. Babulya folgte mir. Im Wald war sie schneller und jünger als zwischen Menschen, ihre Schultern gerader. Meine schöne stolze Babulya. Sie kannte jede Flechte, Stein, Kraut. Wusste Wege ins Dickicht (*Pass auf, dass du nicht fällst, mein Kätzchen. Und wenn, dann nur ins Moos*) und wieder hinaus. Die kleinen Igelbälle der Kletten in unseren Haaren. Unsere Münder dunkelrot vom Saft der wilden Brombeeren. So lagen wir auf dem warmen Boden. Sahen Rehe. Hörten das Rauschen von Schwanenflug weit über uns im Himmel. *(So war es immer, mein Kätzchen. So wird es immer sein.)*

Später trugen wir alles, was wir gefunden hatten, in großen Plastiktüten heim, legten es in die mit kaltem Wasser gefüllte Badewanne, sodass die kleinen Mücken, Läuse, Würmer darin ertranken, wir spülten sie hinunter in den Abfluss. Brieten die Pilze in Butter. Kochten Marmelade für den Tee, hackten Wurzeln gegen den Schmerz, streuten Waldmeistergrün über den Pudding mit Sahne (Ich musste ihn dutzendweise kaufen. 19 Cent der Becher aus Plastik: *Er geht nicht aus, Babulya! Wir können morgen neuen kaufen. Wir sind in Deutschland. / Das weiß man nie, mein Kätzchen, das weiß man nie.*)

Wir lieben Plastik. Es ist bunt, abwischbar und modern. Plastik bedeutet, dass wir es geschafft haben. Wir müssen uns nicht mehr herumschlagen mit rostender Emaille, angeschlagenem Porzellan, speckig werdendem Wollstoff, viel zu teurem Leder, viel zu schwerem Metall.

Wir haben Plastiktischdecken, Plastikteller, Plastikgewehre. Wir packen alles in Plastiktüten, die wir in großen Mengen aufbewahren. Wenn wir ausgehen, ziehen wir die Schuhe an, die wir in einem Laden mit dem Namen »Smart Girl« gekauft haben. Schuhe mit Innenplateau und 15-cm-Absätzen. In ihnen gehen wir wie Königinnen oder Flamingos oder beides, und ihre cremefarbenen schwarzen pinken goldenen silbernen glänzenden Lackriemchen sind aus purem Plastik. Wir mussten sie direkt nach dem Kauf eine Weile auf den Balkon stellen. Ihr Plastikgeruch ist so stark, dass wir Kopfschmerzen bekommen.

Auch in den Wald tragen wir Plastik. (Wir ahnen nicht, dass das eine der wenigen wirklichen Sünden ist, die man in Deutschland begehen kann. Plastik am falschen Ort wird bekämpft mit Mülltrennung, Dosenpfand, Petitionen, Papiertüten und einer ganzen Partei, die niemand von uns wählt. Wenn wir wählen, dann CDU. Früher jedenfalls. Aus Dankbarkeit, weil Kohl uns heimgeholt hat.)

Vor vielen Jahren hat jemand damit begonnen, Streifen von Plastiktüten in die große Kiefer beim Weiher zu knoten. Ich vermute, es war die Frau mit dem roten Kopftuch – aber wie immer hat niemand sie dabei gesehen. Wir anderen taten es ihr damals nach. Wir sprachen nicht davon, aber wir wussten alle: Es waren unsere Wünsche und Gebete, die da in der Kiefer hingen. In den Wind gehalten von ihren Zweigen, gestreichelt von den langen Nadeln, klebrig geworden vom Harz. Gebete, blau und gelb wie Alditüten, andere mit Fotos von Tomaten und solche mit H&M-Logo, rot auf weiß. H wie Heimat. M wie Mercedes Benz. Was wir uns eben wünschten: L wie Liebe und E wie Eigentumswohnungen. G wie gute Noten, F wie Freundinnen, K wie Küsse, N wie Nicht-schwanger-Sein, MK für eine Handtasche von Michael Kors, KF – keine Fälschung. Wir wünschten damals U wie Unfall für Eugen oder zumindest A wie Aufhören mit Trinken und Prügeln. E wie Engel für Olga (*Aber warum lässt sie sich nicht scheiden, Babulya?* (Ich, schon vor Jahren) / *Sie hat Angst. Eugen sagt, er kann nicht leben ohne sie. Und was würden die Leute sagen? / Aber die reden doch schon. Habt Ihr nicht die blauen Flecke gesehen? Warum geht sie nicht zur Polizei? Meine Lehrerin sagt … / Kätzchen, wir gehen nicht zur Polizei. Wir regeln das unter uns. / Aber wenn wir es nicht können? / Ach, meine Kleine. Du wirst das einmal besser machen. Aber noch ist nicht die Zeit.*

Bald berührten die Äste der Kiefer fast den Boden – so

schwer wogen unsere Wünsche. In ihre Wurzeln setzten wir Barbiepuppen (Ich: *Ich möchte auch so lange Haare, Babulya. /* Lilli: *Ein Lottogewinn und dann eine Brust-OP.*), legten daneben Spielzeugautos, winzige Plastikbabys (Krippenfiguren, im Januar 50% Rabatt), rechteckige Stücke aus Tetrapack, die silberne Seite nach oben – wie die Flatscreens von riesigen Fernsehern.

Nachts kommen die Füchse Rehe Wildschweine Wölfe Bären. (*Wie oft soll ich es noch sagen, Babulya. In Deutschland gibt es keine Bären. / In jedem Wald, meine Kleine, in jedem.*) Sie riechen an unseren Wünschen, stoßen mit ihren Schnauzen an unsere Gebete. Dann nehmen sie sie mit – tiefer und tiefer in den Wald hinein.

Und Babulya sagt, das sei ein gutes Zeichen.

Wie war mein Urgroßvater, Babulya? (Damals. All die Fragen.)

Oh, er war der Schönste von allen.

Wie sah er aus?

Er war ein Bär.

Ein richtiger Bär, Babulya?

Nur nachts, mein Kätzchen.

Hattet Ihr keine Angst?

Nein. Warum sollte ich?

Bären sind gefährlich.

Ja. Aber nicht alle.

Wo ist er jetzt?

Sie haben ihn geholt.

Ist er wiedergekommen?

Nein, meine Kleine. Nur ein Brief.

Von ihm?

Nein, von ihnen. Aber sie lügen.

Habt Ihr ihn wiedergesehen?

Im Traum, mein Kätzchen. Im Traum. Ein Bär in den Wäldern. Ich ritt auf ihm. Sein Fell unter meinen Händen.

Wie habt Ihr ihn erkannt?

Ich würde ihn unter Tausenden erkennen, meine Kleine. Du hast seinen Blick.

Viele Jahre später denke ich daran. Und in der Nacht darauf träume ich, aus meinen Armen würden Sehnen wachsen, Knöchelchen, Flügel. Federn, so schwarz wie frischer Asphalt. Im Schminkspiegel sehe ich mich mit einem Krähenkopf, ich sehe Schnabel, Gefieder und Auge.

Später stoße ich mich ab von der Brüstung der Terrasse. Unter mir 16 Stockwerke Menschenwelt. Ich werfe mich in den Wind. Höre meine Schwestern rufen. Nacht und Wald. Die Sterne und Straßenlaternen. Und eine Zukunft dort, wo der Beton endet und das verwilderte Ginsterfeld beginnt.

Dann wache ich auf.

Felek sagt mir Wochen danach, sie habe in derselben Nacht Wehen bekommen und etwas geboren, das wie ein nasser *Ruvi* ausgesehen habe. Wir googeln das Wort. Es bedeutet *Fuchs.* Wohin der *Ruvi* gegangen ist, wissen wir nicht.

W*as habt Ihr, Babulya?* (Ich. Früher.)

Mir tun die Augen weh, meine Kleine. Ich habe zu viel gesehen.

Ich hol Euch die Tropfen. Was habt Ihr gesehen?

Oh, ich sehe die Nacht. Den Morgen. Valentina unter uns. Die Verpackungen der Bonbons. Deine Schulhefte. Mit den Fleißstempelchen drin. Du bist ein kluges Kind. Deine Babulya ist stolz auf dich. Ah, hier sind die Tropfen.

Ich wusste: Babulya sah die Hand, die Bruder Rudolf gegen die Kinder erhob – damals und jetzt. *Wer sein Sohn liebt, der ziechtigt ihn.* Sie sah die Schuhe der Brüder unterm Tisch. Sie glänzten. Wer hatte sie geputzt? Sah die Gesichter der Frauen über die Bibeln gebeugt. Sah Frau Schneider vom Jugendamt klingeln. Babulya wusste, es würde nichts ändern. *Seijd klug wie die Schlangen, wenn sie eich fragen!*

Babulya! Soll ich Euch Tee machen?

Meine Kleine wird groß. Kocht ihrer Babulya Tee! Ja. Aber sei vorsichtig.

BRUDER RUDOLF

Geboren: im Haus mit den vielen Bibeln und den vielen Kindern

Frühe Kindheit: weinte viel

Jugend: lernte, nur noch heimlich zu weinen, lernte, der Hand der Mutter nicht auszuweichen, dann ging es schneller vorbei, lernte, die richtigen Bibelverse an den richtigen Stellen zu sagen

Spätere Jugend: lernte, an den Brüsten der Mädchen vorbeizusehen, lernte, sie zu hassen, lernte, sich zu hassen, lernte, Jesus zu lieben und in den Himmel zu kommen

Feststellung: *Zu dem Kreuz ich bebend kam, hilflos, schuldbeladen; an dem blutbefleckten Stamm ward ich frei von Schaden.*

P. S.: *Meine Heimat ist dort in der Höh', wo man nichts weiß von Trübsal und Weh, wo die heil'ge, unzählbare Schar jubelnd preiset das Lamm immerdar.*

Lilli geht nur in die hiesige Kirche. Dort predigt eine Frau. *Eijne Liebe ond Hiebsche,* sagt Oma Elsa, und Babulya nickt. Beide gehen aber sicherheitshalber auch noch in die Bibelstunde zu Bruder Emil, wegen dem Himmel und den Liedern.

Die Familien mit den vielen Kindern gehen in die Evangeliumsbaptisten-Gemeinde zu Bruder Rudolf oder dem Sohn von Bruder Rudolf oder dem Neffen. Sie heißen alle Rudolf.

Das stimmt nicht, Nanush. Der Neffe heißt Alexander. Weißt du nicht mehr? (Vitali)

Was soll ich wissen? (ich)

Er war mit uns in der Klasse.

Und jetzt weiß ich es wieder: Alexander mit den Stoffhosen. Denn sie durften keine Jeans tragen. Die Mädchen sowieso nur Röcke, mindestens knielang.

Alexander war der Anführer einer Gruppe baptistischer Kinder gewesen, alle Cousinen und Cousins. Sie gingen nicht in den Religionsunterricht und am Schulanfang nicht mit in die Kirche, denn das war das Haus Satans, hatte Alexander uns einmal gesagt.

Einmal war er, wie ich, mit zu Vitali gekommen. Der hatte den Fernseher angemacht, wie immer, wenn Valentina nicht da war. Und Alexander konnte seine Augen nicht von dem Kasten lösen, in dem Alf und die Tanners und ein unsichtbares lachendes Publikum Alf-Tanners-lachendes-Publikum-Sachen machten. Am nächsten Morgen war er nicht in der Schule.

Und zwei Tage später hatten er und seine Gruppe Kiesel gesammelt und sie nach Vitali und mir geworfen.

Und Alexander ist jetzt ein Bruder?

Er ist der Pastor dort, Nanush. Jugendpastor. Sie sagen nicht mehr Bruder.

Warum weißt du das und ich nicht?

Gregorij trifft ihn manchmal.

Gregorij geht in die Gemeinde?

Nanush. Natürlich nicht. Alexander geht zu Gregorij.

Was?

Nichts über Kundschaft. Ich hab schon zu viel gesagt.

Sie zeigen den Eltern, wie man die Kinder schlägt, so dass niemand die blauen Flecken sieht, Viti. Und ihr –

Du änderst das nicht, Nanush.

Ihr aber auch nicht. Man müsste –

Was?

Man müsste es seiner Frau sagen, seinem Vater, Onkel, dem Pastor.

Meinst du nicht, dass sie es wissen? Lass ihn, Nanush. Wenn er drauf ist, ist er –

Was? Ein besserer Mensch?

Ja. Vielleicht.

Nachts ziehen die Wolken wie riesige Raumschiffe über unsere Häuser – ich sehe sie durchs Fenster. Denke an die Filme, in denen Menschen mit einem Laserstrahl ins Innere eines Raumschiffs gebeamt werden und dort Wesen mit nur einem Auge und vielen Tentakeln gegenüberstehen. Ich denke an Babulyas und Oma Elsas Sätze »sie haben sie weggebracht« oder: »sie haben sie fortgenommen«. Nur dass die Weggebrachten und Fortgenommenen nicht gebeamt worden sind, sondern abgeführt. Nicht nach oben, sondern nach unten in die Keller mit den Verhören, in die Bergwerke und Gruben. Nicht von fremden Wesen mit Tentakeln, sondern von Männern in Uniformen.

Ich google »Deportation Russlanddeutsche«. Im Licht meines Handydisplays verschwinden die Raumschiffwolken, und ich erinnere mich, dass jetzt jetzt ist.

Sie haben sie fortgenommen. (Babulya. Während sie den Teig ausrollt für die Pelmeni.)

Wohin? (Ich. Während ich ihr dabei zuschaue. Früher. Nicht ganz früher. Vielleicht, als die Barbie mit den verfilzten Haaren schon nicht mehr in ihrem Haus aus Karton wohnte, sondern unbewegt neben dem Topf mit Petersilie auf dem Fensterbrett saß.)

Sie haben sie fortgenommen. In die Stadt. In ein Haus. Einen Keller. Fort.

Warum, Babulya?

Ach, meine Kleine, wir waren Fascisti.

Was sind Fascisti?

Fascisti sind gegen Russland.

Aber, Babulya, war Urgroßvater wirklich …?

Nein, mein Kätzchen. Und Onkel Erich auch nicht. Viktor war einer. Dabei hatte er den russischsten Namen. Sie sind einfach gekommen und haben alle fortgenommen. Alle. Auch deinen Urgroßvater. Später auch die Frauen.

Und Ihr?

Mich nicht. Ich hatte ein Kind im Bauch. Deine Großmoder. Das konnten sie sehen.

Ist Urgroßvater zurückgekommen?

Babulya?

Babulya.

Hol mir ein Taschentuch, meine Kleine. Dort in der Kommode.

Ist er?

Ja, mein Kätzchen. Er kam zurück. Aber nur in meinen Träumen. Und wenn ich allein durch den Wald ging. Ich habe ihn gespürt.

Habt Ihr nicht nach ihm gesucht? Sie gefragt?

Doch. Ich ging jeden Tag in die Stadt. Zu dem Haus mit dem Keller. Ich klingelte jeden Tag. Sie machten nicht auf.

Konntet Ihr so weit gehen mit Großmoder in Eurem Bauch?
Erst ja. Dann nicht mehr. Aber da waren sie ohnehin schon ganz fort.

Ganz fort, Babulya?
In der Trud, meine Kleine. In der Trud.

Was ist die Trud, Babulya?

Und dann klingelte es an der Tür. Bis heute meine ich, Babulya hätte geklingelt. Mit der Kraft ihrer Gedanken. Zauberei, anzuwenden in Notsituationen. Vor der Tür stand Oma Elsa. *Meijne Buttr is aus. Haabts Ihr noch wejlche?* Und natürlich hatte Babulya welche. Fünf Päckchen auf Vorrat. Weil dies hier eine Welt ist mit Tiefkühlfächern und sehr viel Butter. Mit Petersilie auf Fensterbrettern. Barbies. Eine gute Welt.

Sie haben uns beobachtet, sie haben uns verhaftet, sie haben uns abgeführt, sie haben uns weggenommen. Sie haben uns in Keller gesteckt. Sie haben uns in die Trud geschickt. Sie haben uns angesiedelt, umgesiedelt, ausgesiedelt, spätausgesiedelt. Nein, das Letztere haben wir selbst getan. Nachdem wir Anträge und Anträge zu Anträgen stellten. Nachdem wir von Sibirien nach Kasachstan nach Kirgisien zogen und wieder zurück. Immer dorthin, wo es vielleicht leichter sein könnte auszureisen. Spätausgesiedelt haben wir uns. Nachdem wir sehr leise waren. Immer leise. Nachdem wir uns nur auf uns verließen. Weil, wie wir sagen, man sich nur auf die verlassen kann, die man von Kind an kennt, von Blut an. Auf die mit den Namen, die alles sagen, was man wissen muss: Heinrich. Arthur. Eugen. Valentina. Erika.

Wir machten die Sachen unter uns aus. Auch in Deutschland.

Es ist auch besser so. (Vitali)

Aber – (ich)

Es ist besser so, Nanush.

Besser wijr schooen nach oijnandr. (Oma Elsa)

Die Hiesigen wissen nichts von uns, Kätzchen. (Babulya)

Aber – (ich)

W*arum sterben Menschen, Babulya?* (Ich. Früher. All die Fragen.)

Weil sie alt sind und der Wald auf sie wartet.

Sterbt Ihr auch?

Noch nicht, mein Kätzchen.

Und ich?

Du bist ein Kind.

Kinder sterben nicht?

Meine Kleine, willst du nicht spielen gehen?

Babulya! Ich will es wissen!

Früher, meine Kleine. Früher starben Kinder. Jetzt nicht mehr.

Früher in Russland?

Ja. Sie kamen die Großen holen. Die Kinder blieben zurück.

Lidia ... sie hatte blonde Zöpfe. Ein Feuermal hier an der Hand. Georg – jung wie du, meine Kleine. Eine Weile gab ich ihnen von meinem Brot. Dann kam der Winter.

Und dann Babulya? Erzählt weiter!

Sie gingen fort. Dorf um Dorf. Bettelkinder wie viele viele viele.

Habt Ihr sie wiedergetroffen?

Ja. Halbhundert Jahre später. In Friedland. Ich kannte Lidia an ihrem Mal. Trug dich auf dem Arm. Der Anfang unseres neuen Lebens.

Und Georg?

Ihn hat der Schnee gewollt, der Wald, die Erde. Liegt in seinem Bettchen aus Laub und Eis.

Geht es ihm gut?

Ach, meine Kleine. Ja. Es geht ihm gut. Jetzt. Das haben sie uns getan. Das ist ihr größter Sieg, dass ich ... Ich sah ihnen nach ...

Warum weint Ihr, Babulya?

Ich habe Fehler gemacht, mein Kätzchen. Und deine Großmoder habe ich auch verloren. Unser Herr sei mir gnädig.

GROSSMODER

Geboren: Im Jahr der großen Deportation
Frühe Kindheit: klammert sich an das Leben wie der Vogel an den Ast
Jugend: klammert sich an den Ast wie ein Kind an das Leben
Spätere Jugend: wenig bekannt. Nur: Sie trägt das Hemd mit Hammer und Sichel, das Halstuch ist rot. Nur: Babulya und sie streiten unentwegt.

Großmoders Feststellung: *Nach Momes Geburt verschwinde ich aus der Geschichte. Nach St. Petersburg, Moskau oder Jekaterinburg. Ich hinterlasse sieben leere Seiten. Ich hinterlasse all die noch zu erzählenden Geschichten.*

P. S.: *Wenn du mich suchen willst: Ich habe einen neuen Namen. Nur wer sich neue Namen gibt und dem Hund und der Stadt und dem Tisch, dem Stuhl, der Welt, den Sternen, wird mich finden.*

Babulya hat Großmoder das Laufen beigebracht. Wie Mome. Und wie mir. Das Sprechen. Das Haarekämmen. Das Überleben. Wo auch immer Großmoder nun ist: All das kann sie, da bin ich sicher. Und das ist gut. Für Großmoder und für mich. Und ich hoffe, auch für Babulya.

Der Waldrand ist voller Jogger. Sie überholen die Frauen mit den Walkingstöcken. Das gleichmäßige Geräusch ihrer bunten Schuhe wie der Herzschlag einer für immer im Kreis rennenden Zivilisation. Ich frage mich oft, wovor sie fliehen und ob das Leben sie je einholen wird.

Geht man aber tiefer hinein, kommt man vorbei an den Resten des Trimm-dich-Pfades und dann an den Weiher, in den Vitali, ich und die anderen damals den aufgebrochenen Zigarettenautomaten geworfen haben und später ein ganzes Auto hineingeschoben, über den Rand gehievt, bis es kippte und fiel. Die ölige silberschwarze Wasseroberfläche zersprang in tausend Stücke, das Auto aber sank eigenartig lautlos bis zum Grund, wo es seither auf uns wartet, sollten wir es je wieder brauchen.

Weiter und weiter dann, bis es keine Wege mehr gibt und nicht einmal mehr das Geräusch der Autobahn. Bis zu jener Linie, von der an der Wald kein Ende hat und keinen Anfang, wo er Kaukasus wird, Kurdistan und Sibirien. *Von dort,* sagt Babulya, *habe ich einmal Schnee mitgenommen, aber er ist geschmolzen, geschmolzen und verdunstet wie die Worte, die ich suchte, um zu erzählen.*

Zwischen den Stämmen der Birken, fährt sie fort, *streifen die Zebras, kleine Herden aus Schwarz und Weiß. Manche der Tiere so zahm, dass sie sich streicheln lassen.* Und ich sage: *Würden wir länger bleiben, sie würden zu sprechen beginnen.* Und Babulya: *Oder wir würden sprechen. In den Wipfeln der Bäume die Krähen, unsere Schwestern, mein Kätzchen, hässlich und schön. Verstoßene Königinnen ohne Reich.*

Nachdem es aufgehört hat zu regnen, gehe ich allein in den Wald. Das Licht stürzt auf den Waldboden. Ich lege mich flach hinein, breite die Arme aus. Wie ich es vor langer Zeit getan habe, gemeinsam mit Babulya.

Um mich wächst Minze. Ich liege dort, bis der Abend kommt. Liege wie Tage und Nächte. Jahre. Werde Zebra, Birke. Ich fliege. Franse aus. Meine Arme, Hände, Finger schwarze Schwingen, meine Füße Krallen. Fliege, als hätte ich nie etwas anderes getan. Höre den Wind, die Zeit, die Stiefel der Soldaten. Und immer wieder dieses Wort: Trudarmija. Ich höre den ersten Schrei des Kindes, den Schmerz einer Welt, die neu geboren wird. Sehe Wolf und Fuchs und Reh. Unter Buchen sollst du mich suchen.

Der Geruch der Minze weckt mich, als es wieder zu regnen beginnt. Ich pflücke sie für Babulya. Ich sage ihr nicht, wo ich gewesen bin. Behaupte, die Minze habe es bei Real gegeben, im Supersonderangebot.

Es ist ein Wald wie dieser gewesen, in dem Felek und die anderen sich versteckt hatten. Schlafend wachend, wachend schlafend, an einen Baumstamm gelehnt. Die Arme um die angezogenen Beine geschlungen. Bis endlich der LKW kam, der sie über die Grenze bringen sollte.

Ein Wald wie dieser, in dem Lidia Georg begraben hatte. Sie hatte das Laub mit den Füßen zur Seite geräumt. Dann mit ihren Händen ein Loch gegraben, gerade groß genug.

Seinen durchscheinenden abgemagerten Kinderkörper hineingelegt. Ihm die Hände gefaltet, wie sie es gelernt hatte. Die Schuhe ausgezogen. Nun würde er auf Wolken gehen.

Als sie die Erde auf ihn warf – mit den Händen, langsam erst, dann schneller – machte sie die Augen zu. Sie wollte sein Gesicht nicht sehen. Und auch nicht, wie es verschwand. Später trat sie den Boden fest. Versuchte, nicht daran zu denken, was mit Georgs dünnen Beinen, Armen nun sei. Sagte sich, besser so, als dass die Tiere kämen. Kickte Laub auf die Stelle. Legte Äste darüber – ein kleines Haus aus Gezweig. Wusste: Das konnte sie niemals erzählen. Wusste nicht: Sie war eine von Hunderten, Tausenden in den Wäldern. Kinder wie Georg und sie standen auf keiner Liste. Nur in den Herzen ihrer Väter und Mütter –

fern an jenem Ort, von dem Lidia nur den Namen kannte: Trudarmija.

Es war ein Wald ähnlich wie dieser, in dem nun die Jogger in ihren immer gleichen Kreisen rennen, die Kinder Blätter sammeln und die Alten Pilze.

Das Grundrezept für Beton ist einfach, und seine Zutaten liefert die Natur: Zement aus Kalkstein und Ton, Sand, Kies und schließlich Wasser. Es gibt Aufbeton, Ortbeton, Pumpbeton, Schleuderbeton, Spritzbeton, Stampfbeton, Walzbeton, Unterwasserbeton, Vakuumbeton und Blauen Beton.

Die Sporen von Pilzen sind schon im Kalkstein gewesen, im Sand oder Kies.

In der Kälte, der Hitze und nun nach dem Regen wachsen sie, werden Flechten, überziehen unsere Häuser (langsam schnell grün grau rötlich), dringen ein in die Lücken zwischen den Platten, werden sie bald auseinanderstemmen. Noch sind sie nur feine Risse, durch die das Licht fällt.

Kokons von Schmetterlingen und solche von fliegenden Fischen werden irgendwann von unseren Decken hängen (*Ich lasse sie einfach, Kätzchen,* wird Babulya sagen. *Der Staubsauger ist kaputt*), und während wir Marmelade in den Tee rühren, werden die Kokons platzen (ein Wirbel aus Flügeln und Farbe, ein Meer und Blauer Beton, alles liefert die Natur), und ein wenig Kalkstein wird in unsere Teegläser rieseln (*Trink ruhig, meine Kleine, das macht starke Knochen*).

Baumbart heißen die Flechten, Totengebein, Cladonie. Sie wachsen auch durch die Risse unserer Geschichten. Hügel, Inseln, Kontinente einer fernen Welt.

In diesem Sommer steht der Schachtelhalm hoch zwischen dem kleinen Sandkasten und dem Klettergerüst unten vor unserem Haus. Herr Rappard ist auf seinem Aufsitzrasenmäher um ihn herumgefahren. Aus irgendeinem Grund hat er ihn verschont. Vielleicht mag er ihn genauso gern wie ich.

Wie ein Korallenriff ist die Insel aus Schachtelhalm. Die feinen Verästelungen seiner Zweige. Dazwischen am Meeresgrund, am Erdgrund, am Weltgrund: Klee.

Die Frau mit dem roten Kopftuch zeigt den Kindern, wie man den Schachtelhalm auseinandernimmt und wieder zusammensteckt.

Wie Ihr es mir früher gezeigt habt, Babulya.

Ja, mein Kätzchen, ich erinnere mich. In Sibirien.

Nein, das war hier.

Das sag ich doch, meine Kleine.

Der Schachtelhalm heißt auch Zinnkraut, Katzenschwanz oder Katzenwedel. Er heißt Fegekraut, Pferdeschwanz, Schaftheu, Pfannenputzer, Scheuerkraut.

Er eignet sich als Badezusatz und als Tee. Man verwendet ihn gegen Nasenbluten und schlecht heilende Wunden.

Früher polierte man mit ihm Zinngefäße, bis sie glänzten. Weder Babulya noch ich besitzen irgendetwas aus Zinn. Und auch die Hiesigen haben keine Zinnbecher mehr. Man findet sie massenhaft auf Ebay, aussortiert von denen, die Wohnungen, Keller, Häuser, Garagen leerräumen: Krüge, Teller, Becher – nie benutzt und zu nichts zu benutzen, außer um die Lücken in den Regalen zu füllen. Nicht einmal die in den Cafés in der großen Stadt mit den Grünpflanzen, die mit den MacBooks und Oberlippenbärten und großen Brillen und weiten Pullovern mögen Zinn. Noch zumindest.

Und weil wir vergessen haben, dass unsere Wunden schlecht heilen, kocht auch niemand mehr Sud aus Schachtelhalm-Zinnkraut-Katzenschwanz.

Nur die Frau mit dem roten Kopftuch vielleicht. Ich müsste sie fragen. Aber wenn sie Nein sagt, wenn sie auch kein Rezept kennt gegen die Wunden, wüsste ich nicht, was wäre. Deshalb frage ich lieber nicht.

In der Nacht träume ich, unser Haus wäre kein Haus, sondern ein Baum. Die Kellergeschosse unter der Erde ein riesiger Wurzelstock. Die Mobilfunkmasten auf dem Dach die obersten Äste, die schon den Himmel berühren.

Wir wären Eichhörnchen, Raupen, Schmetterlinge, Ameisen, Würmer, Spechte, Käfer, Tauben, Krähen, Mäuse, Füchse, Eulen, Pilze, Moos, Flechten. Unsere Wohnungen Nester, Astlöcher, zwischen den Blättern schwankende Spinnennetze.

Unsere Toten begraben wir zwischen den Wurzeln. Unsere Kinder taufen wir mit Regen. Unsere Musik ist der Wind.

Als ich am Morgen Babulya davon erzähle, schaut sie mich lange an. Ihre sehr hellen Augen, die feinen Falten und Fältchen über ihrem ganzen Gesicht, die mich immer an geklöppelte Spitze erinnern. Geklöppelt aus Fäden so zart wie Spinnweben. Schaut also so lange, bis ich meinen Blick senke. Dann sagt sie: *Ach, Kätzchen, ich wusste es immer.*

Was wusstet Ihr, Babulya?

Dass du das Auge hast.

Welches Auge?

Du weißt, welches.

Und sie hat recht. Ich wusste es. Und ich wusste es nicht.

Das ist immer so, Kätzchen.

Wird es wirklich passieren, Babulya?

Vielleicht ist es schon passiert. Woher willst du wissen, dass es noch nicht passiert ist?

Babulya! Schaut Euch um! Die Wände, die Balkone, Markisen. Der Aufzug, die Kaffeemaschine!

Die Dinge können zugleich das eine und das andere sein. Wäre es nicht so, wie könnten wir leben?

III FRÜHER

In unserem Wald wächst eine Araukarie. Ich weiß, dass es eine ist, weil Nelli auf ihrem Handy eine App hat, mit der man Pflanzen bestimmen kann.

Bist du sicher? Zeig! (Ich, es muss ein paar Wochen vor Nellis Verschwinden gewesen sein)

Komisch, ich hab ihn nie zuvor gesehen. Du? (Nelli, die mir das Handydisplay zeigt, ihre Fingernägel in French Manicure wie die Blüten der weißen Stofforchideen in ihrem Badezimmer)

Die Araukarie ist riesig. Weil ich Jahre zuvor den Steppenwolf gelesen habe, hielt ich Araukarien für harmlose Topfpflanzen mit abwischbaren Blättern, gemacht für frisch geputzte Treppenhäuser, gemacht, um einerseits ihren Besitzerinnen das Gefühl von Ordnung und Sauberkeit zu geben, andererseits den Hermann Hesses dieser Welt eine Mischung aus Wehmut und Überlegenheit, sodass sie Bücher schreiben können.

Unsere Araukarie ist zu nichts von alledem bereit. Sie streckt ihre Äste nach uns aus und möchte uns hineinziehen in eine Unterwelt oder eine andere Zeit.

Armdicke SchlangenEchsenFabeltiereMedusenzöpfeÄste. Die Buchen weichen ängstlich vor ihr zurück. Die Araukarie ist ein sehr altes Wesen, geschuppt und mit ausgebreiteten Armen. Ein vom äußersten Süden in den äußersten Norden durch all die Luft und all die Zeit geflogener Baum (denn es muss sie auch in Sibirien geben, ich weiß das. – *Wie kommst du darauf, Nanush? – Es muss einfach so sein.*).

Und hätte Harry Haller nicht nur seine eigenen Gedanken gehört, sein eigenes Blut rauschen, sein eigenes Herz schlagen – vielleicht hätte die Araukarie im Treppenhaus ihm etwas zugeflüstert von den alten Frauen hinter den Türen, von ihren blitzblank geputzten Einbauschränken, ihren Vorräten an Zwiebeln, Geschichten und Tränen.

Und Hesse hätte auch ein paar interessantere Frauenfiguren gehabt.

Wovon redest du, Nanush?

Steppenwolf. Weißt du noch?

Nur du hast diese Bücher wirklich gelesen, Nanush.

Nelli lachte (damals), und ich merke (jetzt), dass ich sie vermisse. Und ich immer noch nicht weiß, woher die Araukarie damals plötzlich kam. Wo genau sie stand, warum wir sie nie bemerkt haben und später auch nie wiederfanden. Ich wollte sie Vitali zeigen, fand, sie sei ein Motiv für eines seiner Tattoos.

Ein Baum, Nanush? Dein Ernst?

Warte, bis du ihn siehst ... er ist ...

Wie ist er?

Du wirst sehen.

Aber ich fand die Araukarie nicht wieder.

B*abulya, gibt es Zauberei?* (habe ich gefragt. Früher. Viele Fragen.)

Natürlich, meine Kleine.

Was tun Zauberer?

Das kommt darauf an.

Worauf, Babulya?

Ach mein Kätzchen, es kommt auf ihr Herz an. Ob es starr ist wie ein Stück altgewordenes Brot. Oder ob es pocht.

Was tun sie?

Sie sprechen mit den Bäumen. Den Tieren. Manchmal werden sie selber welche. Wie deine Mome.

Mome wurde ein Reh.

Psssst, mein Kätzchen. Das erzählen wir niemandem.

Was wir auch niemandem erzählen: was mit Großmoder passiert ist. Oder was heißt »wir«. Babulya erzählt es nicht. Wenn ich frage, weicht sie aus. Auch heute noch. Alles, was ich von ihr weiß, ist ihr Geburtsjahr. Dass ihr Haar hell war und ihre Augen dunkel. Und dass sie sich weigerte, deutsch zu sein.

Der Himmel ist weiß in diesem Sommer – weiß wie die feine Linie zwischen Schlaf und Traum. Manchmal ist es, als könnte unser Haus fliegen. Oder zumindest wir in ihm. In unseren Pyjamas und Nachthemden schweben wir hinaus aus den Fenstern, ein Glas eingelegte Tomaten in der Hand. Aneinandergeklammerte Liebende und Einzelne. Eine mit dem Kind an der Brust. Auch Katzen, auch Hunde. Verschwinden im Weiß des Himmels, wie Träume verschwinden beim Aufwachen.

Ein fliegender Baum. Sagt Babulya. *Oder fliegende Blätter im Sommer.* Sage ich.

Das Haus ein Baum.
Der Baum ein Flug.
Die Krähen. Die Schwäne.
Erinnern, Vergessen, Erinnern.
Und Schweigen und Schreiben.
Und Schreiben und Hören.
Ein fliegender Baum.
Eine junge Babulya.
Sterne aus Plastik und Sterne aus Licht.
Das Loch unter Lillis Datsche
für den Wodka,
die Kartoffeln, Zwiebeln.
Das Bleiben. Das Gehen.
Ununterscheidbar, wo es beginnt,
wo es endet.

Die Sommer in Sibirien waren erstaunlicherweise heiß gewesen. So heiß, dass Lilli und die anderen im Schatten der Hausmauer blieben, wenn es irgend möglich war.

Dort stand eine kleine Bank ohne Lehne. Der Großvater hatte sie zusammengezimmert aus halb gefundenem, halb gestohlenem Holz. Sie war das erste Möbelstück im fremden Land gewesen.

Auf dieser Bank trank Lilli morgens das erste Glas Tee.

Stark und süß und mit einem kleinen Stück Butter darin, wie es die Nachbarn in Kirgisistan gemacht hatten. Nachbarn mit mongolischen Gesichtern und ebensolchen Stimmen.

Lilli war die jüngste von neun Geschwistern. Kirgisistan war das Land, von dem die Großeltern erzählten, wenn es hier, im Klima der Steppe und nah des Polarkreises, zu kalt wurde oder zu heiß für normale Menschen. In Kirgisistan war es, in der Erinnerung von Lillis Großeltern zumindest, immer mild gewesen. Die Melonen groß wie die Medizinbälle in der städtischen Turnhalle, der Boden dunkel und fruchtbar, die Ernten brachten Jahr für Jahr Rekorde. Die Schweine waren fett gewesen in Kirgisistan, der Himmel blau und Moskau und Lenin so weit entfernt, dass es sie eigentlich gar nicht gab. Höchstens auf den verwitterten Plakaten an noch verwitterteren Mauern. Und auch dort waren sie schnell überwachsen von Efeu und Bougainvillea.

Dann war die neue Zeit angebrochen. Tausende Kilometer entfernt hatte einer geredet mit sich überschlagender Stimme. Von Brot und Boden, Windhunden und Kruppstahl. Und davon, dass die Deutschen die Herrenrasse seien. Auch die in den kleinen Dörfern entlang der Donau, am Schwarzen Meer, der chinesischen Grenze. Deutsche wie Lillis Großeltern.

Dann hatte es Krieg gegeben. Stalin hatte sich über den ölig glänzenden Schnurrbart gestrichen, und die deutsche Herrenrasse in Kirgisistan war von Soldaten mit lauter Stalinbärten in Viehwaggons getrieben worden. Auch Lillis Großeltern. Eine Tasche dabei mit Teegläsern, der Bibel und einem Huhn. Und mit dem Schlüssel des kleinen Hauses mit dem großen Garten. Ein Schlüssel, den Lilli noch heute hat. Er liegt im Schränkchen neben ihrem Bett. Sie hat ihn mir gezeigt.

Die Viehwaggons fuhren nach Norden. Dorthin, wo die Birken erst grün wurden, wenn in Kirgisistan längst Sommer war.

Es folgten Tage und Nächte in Wäldern, ein Lager, die Trudarmee, dann Dorf, dann Garten, dann Haus. Sieben Hühner, zwei Schweine, eine Kuh.

Und die kleine Bank, auf der Lilli viele Jahre danach ihre Milch trank, später den Tee und mit immer gerader werdender Schrift Aufsätze in das Heft mit den blauen Linien schrieb: *Von der Schönheit der Sowjetidee* und: *Was ich Genosse Stalin zu verdanken habe.*

Auf dieser Bank schlachtete sie auch ihr erstes Huhn. Es zappelte unter ihren Kinderhänden, selbst noch ohne Kopf. Das Blut spritzte ihm aus dem Hals und hinterließ leuchtend rote Flecken auf der weißen Hauswand.

Noch viele Hühner würde sie so schlachten, später auch Gänse und Hasen.

Am Tisch unter Kristallleuchter und Plastikstuck zeigt sie mir die Handbewegung. Sie kann es noch. Auch in dieser Welt, in der wir fertig abgepackte, eingeschweißte Hühnerbrüste bei Real kaufen oder gleich Chickennuggets bei McDonalds holen.

Das Blut an der Hauswand in Sibirien ließ sich nicht mehr abwaschen. Sie taten einfach, als wäre es nicht da. Sprachen nie davon – so wenig wie von dem, was im Inneren des Waggons gewesen war und später in den Nächten im Wald, in denen die Wölfe geheult hatten. Was ich Genosse Stalin zu verdanken habe.

Ist Sibirien groß, Babulya? (Ich. Früher.)

Oh ja, meine Kleine.

Größer als Deutschland?

Viel Größer. Sibirien ist die Welt.

Wart Ihr überall, Babulya?

Nein, mein Kätzchen. Niemand hat ganz Sibirien gesehen. Nur die Engel und die Vögel.

Was sehen sie?

Den Fluss. Den Wald. Das Haus deines Urgroßvaters.

Was noch?

Eine Kuh, festgebunden an einen Baum. Wieder Wald. Sie sehen Menschen, klein wie Stecknadelköpfe. Eine Stadt.

Die Menschen sollen winken, Babulya!

Ja. Sie winken.

Wollen die Menschen auch fortfliegen?

Ja und nein, meine Kleine.

Wolltet Ihr, Babulya?

Ja. Ich wollte fort.

Wohin?

Ich wusste es nicht, mein Kätzchen. Zu deinem Urgroßvater.

Wollte Mome auch fort?

Nein. Deine Mome war eine Russin geworden. Wie deine Großmoder auch.

Was ist eine Russin, Babulya?

Das, was die Hiesigen meinen, das du seist.

Ein Kind aus dem Hochhaus?

Ja. Ein Mensch mit einem Haus. Einem Bett, Büchern, Kleidern. Ein Mensch, der die Sprache der anderen kann.

Hattet Ihr kein Bett, Babulya? Und konntet keine Sprache?

Doch, mein Kätzchen. Aber es war alles nur geliehen.

Von wem?

Ich wusste es nicht.

Und habt Ihr es zurückgegeben?

Ich habe es versucht. Als ich die Koffer packte für uns beide. Aber als wir ankamen in Friedland …

Was war in Friedland?

Du weißt es doch, meine Kleine. Das war unser Beginn in Deutschland.

In Friedland änderte ein Beamter unsere Namen. Bundesvertriebenengesetz Paragraph 94. Aus Ewgenij wurde Eugen, aus Irina Irene, aus Wladimir Waldemar.

Aber miejr hen eijnfach weiter Wladi gesait. (Oma Elsa) *Ond dijr wolltan sie Marianne sagen, Nanushkinia. Aber da heijt deijn Babulya gsagt: Neijn.*

Und Ihr? Und Valentina? Vitali?

Ich hen immer geheijße, wie ich geheijßt han.

Und Valentina und Vitali hatte der Beamte nicht umbenennen wollen. Sie kamen ihm wohl zu russisch vor für einen deutschen Namen. Deutsche Namen nur den Deutschen, oder wen die Hiesigen dafür hielten. Nur dass niemand unter achtzig in Deutschland Eugen heißt oder Waltraud oder Erika oder Heinrich.

Aber Ihr habt Nein gesagt, Babulya.

Ich wollte nicht, dass du eine andere wirst, Kätzchen. Der Beamte hat das nicht verstanden. Er sagte, es würde dir schaden. Und ich solle an dich denken und an Deutschland.

Aber siej war schturr, Nanushkinia. Du kejnnscht ja deijne Babulya.

Und so bin ich Nanushka geblieben. Und nicht Marianne oder Anne oder Nanne oder Nanni. Sondern Nanush, Nanushkinia, Kätzchen, meine Kleine.

Ich habe die fremde Sprache, Momes Sprache, meine, in der Tasche meines blauen Anoraks getragen. Wie Vitali die Münzen aus dem aufgebrochenen Zigarettenautomaten. In einer Nacht liefen wir in den Wald, und die Münzen und die Wörter wurden umso schwerer, je länger wir unterwegs waren. Schwer wie Babulyas Erinnerungen und wie Bruder Rudolfs Hand auf der Bibel. Gewichte, so viel schwerer als die im Fitnessstudio neben dem Real. Sie rissen uns beinahe die Taschen aus. Wurden Meer, wurden Gletscher und Stein.

Am Weiher im Wald schüttete Vitali sie aus. Sie glänzten im Licht unserer Taschenlampe.

Vitali kaufte später mit den Münzen bei Gregorij ein Pulver, das er in Wasser rührte und das seine Muskeln noch größer werden ließ. Und für mich eine gelbe Rose aus Stoff. Er wusste: Mit meinen Wörtern ließ sich nichts kaufen.

Warum lügen die Menschen so viel, Vitali?

Tun sie das, Nanush?

Ich finde, ja. Schau nur einmal die geputzten Fenster. Die Gardinen. Die Autos. Die Einbauschränke. Als hätten sie es geschafft.

Aber wir wissen doch, dass das nicht wahr ist.

Ja, wir.

Lass sie, Nanush. Sei nicht so streng. Es hilft ihnen.

Aber mir hilft es nicht, Vitali.

Ich weiß, Nanush, ich weiß. Deshalb bist du, wie du bist.

Was wäre, wenn wir alle die Wahrheit sagten?

Welche Wahrheit soll das sein?

Na, die Wahrheit eben.

Wenn wir alle die Wahrheit sagten. Wen wir lieben. Wen nicht mehr. Wen eigentlich nie. Dass wir nachts mit den Füchsen sprechen, tags mit den Krähen. Dass wir wünschten, wir wären wie die Hiesigen, wünschten, wir wären nicht wie sie. Dass Stalin uns im Hirn sitzt bis jetzt. Auch denen, die nicht einmal mehr seinen Namen kennen. Nicht seinen Schnurrbart, über den er sich jeden Tag streicht, nicht seine stechenden Augen. Oma Elsa hat Kopfschmerzen davon. Babulya auch. Ich. Vitali. Auch wenn er so tut, als wäre es nicht so. Kopfschmerzen von diesem mikroskopisch kleinen Stalin, der nicht auszurotten ist. Wir behandeln ihn mit Wodka, mit den Pillen, die wir bei Gregorij kaufen, mit Autos, Wohnungen und der Musik von Helene Fischer.

Wenn wir alle die Wahrheit sagten, Vitali ...

Wen würde es interessieren, Nanush? Wen?

Die Felder der Kolchose in Kasachstan gingen von hier bis zum Horizont. Die Traktoren waren groß wie Dinosaurier. Jedenfalls in der Erinnerung.

Einmal regnete es, und die Felder wurden ein See. Enten in großen Schwärmen kamen und schwammen darauf. Eine Fläche aus Gefieder Hälsen Schnäbeln. Ihr Gequake ohrenbetäubend tagelang.

Bis das Wasser versickerte und verdunstete, und die Enten weiterflogen. Die Männer sich auf die Traktoren setzten. Die Frauen die Spitzhacken nahmen. Eine lange Kolonne von Menschen. Hunderte Augenpaare, Hände mit der Erde des Landes unter den Fingernägeln. Schwarze Erde.

In dieser Welt (Oma Elsa: *Die Deitschen missten zwefach schaffen fier ein Orden. Aber sie kennten es.*) trafen sich Heinrich Soder und Elvira Schwabenland. (*Bejde Deitsche. So ejn Glick, Nanushka!*).

Auf der morastigen Erde lag ein Tanzboden aus groben Brettern. Im roten Licht der untergehenden Sonne. Wie auf den Plakaten der Partei. Eine Blaskapelle der Kolchoniki. Ein Ochse am Spieß. Wein und Wodka.

Die Bretter wankten unter den stampfenden Füßen der Tanzenden Hopsenden Keuchenden Schwitzenden. Und dazwischen Elvira Schwabenland mit einer frisch gewaschenen Schürze über dem blauen Kittel. Und mit Händen wie weiße Tauben. Die kreiste sie in den Handgelenken, wie eigentlich nur die kasachischen Frauen es taten. Jeder Finger eine Feder, mit der sie in die Luft Worte in fremder Schrift schrieb.

(*Aber wie konnte sie weiße Hände haben nach all der Arbeit, Oma Elsa? / Kiiendche, man saacht so.*)

Trafen sich Heinrich Soder und Elvira Schwabenland. Seine Tanzschritte immer knapp neben dem Takt. Sein Kopf zwischen den hochgezogenen Schultern. Rippen, Schlüsselbeine, Solarplexus eine Rüstung gegen die Welt. Ihr so ganz anderer Tanz ebenso.

Beide Kolchoniki. Beide Vorabeiter. Beide aus der Trud entlassen nur ein paar Jahre zuvor. Unterernährt und mit Skorbut. Ihr Schweigen darüber eine Rüstung wie ihre Körper.

Als die Enten wiederkamen übers Jahr, hieß Elvira Schwabenland Elvira Soder.

Des sind so die Gschiechta, Nanushkinia. Des sind sie. Die Elvira is nu au scho zeijn Johr dod.

Onkel Heinrich Soder aber lebt noch. Er wohnt im Haus neben unserem. Und in ihm alles Wissen über Traktoren, über Schrauben, Wasserrohre, Heizungen. Wenn etwas kaputt ist, dann fragen wir immer noch zuerst ihn. Er kann alles reparieren – von hier bis zum Horizont.

V*itali*, sagt Babulya, während sie das heiße Wasser über den Instantkaffee gießt (es ist früh am Morgen, und ich bin mit dem Aufzug zu ihr hinuntergefahren, im Frotteemantel und mit Hausschuhen, die Sonnenbrille auf, damit niemand meine ungeschminkten Augen sieht), *Vitali war klein und zart früher. Am liebsten hat er Höhlen aus Kissen und Decken gebaut. Das weiß ich noch, Kätzchen. Du bist manchmal zu ihm gekrochen. Wenn deine Babulya arbeiten ging.*

Ja! Es gab dort immer Schokolade.

Und Kaubonbons! Sie klebten dir abends zwischen den Zähnen.

Irgendwann ging ich nicht mehr dorthin. Warum eigentlich?

Du gingst in den Hort.

Babulya! Das war nicht der einzige Grund.

Kätzchen, ich wollte, dass du lernst. Du solltest sein wie die Hiesigen. Und Valentina ...

Was ist mit Valentina?

Du weißt, wie sie ist.

Und Vitali?

Er wurde ein Mann. Seit dem Tag, an dem er –

An dem Tag haben sie Vitali gejagt. Haben ihm seinen Ranzen weggenommen und die Mütze, die wirklich albern aussah. Sie haben ihn bis vor unser Haus verfolgt. Er klingelte Sturm. Den Finger auf den Klingelknopf gedrückt, bis sie ihn wegrissen. Dann stürzte Valentina heraus. Die kleine dünne Valentina mit ihren praktischen Schuhen und Händen und Haaren. Sie griff sich einen von ihnen. Die andern rannten davon. Sie hielt den einen fest, keuchte und sagte: *Schlag zu.* Und Vitali schlug. Er schlug, bis der Boden vor unserem

Haus rot war von Blut. Blut, das Valentina später fortspülte mit einem Eimer voll Seifenwasser. Fortschrubbte mit einer Bürste. Danach hat Vitali lange keine Höhle mit mir gebaut.

REZEPT FÜR EIN MITTEL GEGEN LIEBESKUMMER:
Eine Handvoll Brennnesselblätter
wenn nicht vorhanden: Melisse
wenn nicht vorhanden: Pfefferminze
wenn nicht vorhanden: Petersilie
Etwas Birkenrinde (von der Birke hinter unserem Haus)
Kaffeesatz
Wasser aus einem Brunnen in Sibirien
Wenn nicht vorhanden: Wasser aus der Leitung (am besten eine Leitung im Keller oder in der Tiefgarage, so tief in der Erde wie möglich)
Für später: Wodka

Und dann, Babulya?

Am besten trinkst du einfach den Wodka, meine Kleine. Iss eine eingelegte Tomate dazu.

Die Hunde in unserem Haus sind fast alle winzig. Hochhaushunde mit großen Augen, großen Ohren, kurzem Fell. Sie haben Halsbänder, die im Dunkeln blinken und größer sind als sie selbst.

Nur Vitalis Hund ist anders. Riesig (mir geht er fast bis zur Hüfte), graues Fell, Muskeln so dick wie Vitalis Muskeln, draußen Maulkorb. Vitali hält ihn dann an einer kurzen Leine. Und selbst die Frau mit dem roten Kopftuch zieht ihre Beine ein wenig zurück, wenn Vitali und der Hund bei ihr an der Bushaltestelle vorbeikommen. Wenn Valentina mit Vitalis Hund spazieren geht, gehe ich ihr aus dem Weg. Wie soll die kleine Valentina diesen großen Hund zurückhalten, wenn er sich nicht zurückhalten lassen will?

Warum? Frage ich. *Warum muss es so ein Hund sein, Viti?*

Lass mich, Nanush.

Ich habe Angst vor ihm.

Das musst du nicht.

Du ziehst ihm einen Maulkorb an. Natürlich muss man Angst haben.

Aber du doch nicht. Und die anderen – sollen sie doch.

Der Hund ist das Einzige, was ich an Vitali nicht verstehe. Was ich gerne ändern würde. Fast das Einzige. Aber ich weiß, dass das nicht passieren wird.

Immerhin ist er kein Schäferhund. (Vitali, der lacht)

Niemand von uns hat einen Schäferhund. Niemand wird je einen haben. Die Hiesigen denken, wir seien nur hier, weil wir einen deutschen Schäferhund gehabt haben. Hahahahaha. Ich bin zu müde, ihnen zu erklären, dass wir hier sind, weil Deutschland an uns etwas gut zu machen hatte. Zu müde, vom fünften Punkt im sowjetischen Pass zu erzählen und davon, was es bedeutete, wenn dort deutsch stand. Vielleicht hat Vitali recht und ein Hund mit Muskeln und Zähnen ist das, was man in diesem Land braucht.

Die Frau mit dem roten Kopftuch trägt ein rotes Kopftuch.

Oma Elsa eines mit bunten Blumen. Es gibt sie in Rot, Pink und Türkis. Selten in Gelb. Zu kaufen im russischen Laden. Klein und quadratisch für 5 Euro. Groß und mit Fransen für 25 Euro. Oma Elsa hat das kleine in Türkis. Lilli das große in Rot. Aber nur für die Schultern. Und nur wenn sie im Chor Kalinka singt.

Babulya hat ein fast durchsichtiges Kopftuch in Hellblau mit goldenen Fäden darin. Sie legt es sich auf die Haare, wenn sie betet.

Warum, Babulya? (Ich. Früher.)

So liegt der Himmel auf meinem Kopf, meine Kleine.

Kann Gott Euch dann besser hören?

Gott hört uns immer, Kätzchen. Aber ich kann ihn besser hören so.

Was sagt er zu Euch?

Er sagt, dass meine Nanushkinia ein kluges Mädchen ist. Und dass ich mit ihr Waffelnüsse backen soll.

Aber zuerst will ich auch das Kopftuch haben, Babulya!

Das sollst du, meine Kleine.

(Und Babulya legte mir das Tuch auf den Kopf. Es war leicht wie ein Nachtfalter.)

Felek trägt kein Kopftuch.

Ich habe eines wie Oma Elsa. Aber ich wickle es mir nur ums Handgelenk. So ist es ein buntes Armband und könnte als Modeaccessoire durchgehen. Dabei ist es für mich viel mehr als das. Es erinnert mich daran, woher ich komme. Es wird mich auch noch erinnern, wenn Babulya mich nicht mehr erinnern wird.

Als würdest du das je vergessen, sagt Vitali. Und natürlich hat er recht. Oder auch nicht. Ich bin mir nicht sicher.

Die Kopftücher der baptistischen Frauen sind sonntags und mittwochs weiß – immer dann, wenn sie in ihre Kirche gehen. Sie binden sie hinter dem Kopf, und so sehen sie aus wie die Häubchen von Krankenschwestern in Filmen aus den 50er-Jahren.

Auf den Fotos in der Schublade in Babulyas Schrankwand sind alle Kopftücher schwarz.

Auch das Kopftuch von Tante Olina ist schwarz auf dem Foto.

Sie hat am Eingang der Grube gearbeitet, im pfeifenden Wind. Sagte Babulya. *Ein Wind wie ein Schwert,* sagte Babulya. Und ich (damals, früher) meinte, das Windschwert zu fühlen, starrte auf die Fotos und auf Tante Olinas Gesicht – vom Wind verschoben. Der Unterkiefer wie ausgehakt, die Nase nicht mehr in der Mitte, sondern über dem linken Mundwinkel (im Mund nur noch drei Zähne). Als hätte jemand dieses Foto-Gesicht auseinanderschnitten und falsch zusammengefügt. Als würde es nur zusammengehalten von dem schwarzen, unterm Kinn gebundenen Kopftuch. Der Wind war grau gewesen, körnig von Staub und Zement. Und nun Tante Olinas verschobenes Gesicht grau auf dem kleinen Schwarzweißfoto, das alles war, was wir hatten aus dieser Zeit. Ein Foto und Babulyas Geschichten. Die sie nie ganz erzählte, sondern immer nur in kleinen Stücken. Ich fand sie nicht in meinem Geschichtsbuch, nicht in den Büchern der Stadtbücherei. Sie waren nichts, was man hätte aufschreiben können, waren nur Fotos, eingelegt in Babulyas Bibel. Waren Augen, in Kameras gerichtet, waren Stahl, Wind und Schnee. Die Geschichten waren Sonne, Birken und ein Land, das bis ans Ende der Welt reichte. Sie waren Leben und waren Tod. Man konnte sie nur erzählen in Küchen. Nur flüstern. Aber ich wusste: Sie waren in unsere Körper hineingeschrieben. Mit Bleistiften wie Messer, mit Kugelschreiberminen, umwickelt mit Schmirgelpapier.

Und wie das schwarze Kopftuch Tante Olinas Gesicht zusammenhielt, so hält auch etwas unsere Körper, unsere verschobenen Seelen zusammen: die Lieder an den Gräbern (*Fliegel, Fliegel*), die Leoparden aus Porzellan in den immer aufgeräumten Wohnzimmern, ein Messer, Fadenvorhänge, russische Liebesromane und alte *deijtsche Werter* – alles, was die Hiesigen nicht verstehen.

Du übertreibst, Nanush. (Vitali, der mir mit seinem Feuerzeug eine Flasche Bier öffnet, eine Zigarette zwischen seine Lippen schiebt, sie anzündet, dann mir gibt)

Nein. Tu ich nicht. Warum wohnen wir sonst hier? (Ich, die ich an der Zigarette ziehe, sie ihm dann zurückgebe, mit der Hand eine Geste mache Richtung Haus)

Wir wohnen hier, weil wir es wollen. Weil Babulya hier ist, Valentina, Nelli, Gregorij.

Weil wir hier nicht allein sind. Siehst du.

Nanush, »siehst du« ist kein Beweis.

In dir ist es auch, Viti.

Was ist in mir?

Die Trudarmee, die Kolchose. Fascisti.

In mir ist Valentinas Schaschlik.

Das natürlich auch. Das auch.

Es ist noch welches da, Nanush. Ich kanns dir warm machen. (Vitali, der meine Hand nimmt. Ich, die weiß, dass er doch versteht)

Die Frau mit dem roten Kopftuch hat Ochsenherztomaten ausgesät. Sie hat sie nicht vorgezogen. Nicht wie Babulya und Lilli es tun. In alten Joghurtbechern auf dem Fensterbrett. Sie hat sie nur gesät. In den Rasen, in den Sand des kleinen Spielplatzes, in die Ritzen zwischen den Waschbetonplatten, in den Blumenkübel neben den Fahrradständern, wo Oma Elsas Rollator steht und das kleine rosa Fahrrad des Mädchens aus dem 3. Stock, und wieder in den Rasen.

Rund um unser Haus. Ein Kreis aus winzigen Samen.

Wir gießen sie, und sie wachsen, tragen Früchte, stehen dicht an dicht. So dass wir zwei von ihnen ausgraben, damit Oma Elsa mit ihrem Rollator durchkommt und auch wir anderen nicht unsere Einkaufstüten auf dem Kopf balancieren müssen.

Ihre Früchte werden groß wie die Herzen der Ochsen und groß wie Feleks Herz und wie das Herz der Welt. Eine einzige dieser Tomaten macht einen Menschen satt für den ganzen Tag. *Du übertreibst, Nanush. Ein Stück Brot braucht man schon dazu. Oder zwei oder drei.* (Vitali, der natürlich recht hat).

Babulya schneidet die Ochsenherztomaten in Stücke und legt sie mit Essig, Chili und Lorbeerblättern ein. *Für den Winter,* sagt sie. *Und für deine Mome, Kätzchen. Sie hat sie immer so gern gegessen.*

Dort, wo kein Wald und kein Beton ist, riecht es nach Getreide in der Sonne.

Nach wilden Zwetschgen (klein und blau wie Kugelfische in einem grünen Meer aus Laub).

Meine nackten Füße im trockenen Gras (Früher. Es war ein sehr heißer Sommer). Babulyas Füße. Schafgarbe. Eine Raupe kroch ihr Bein hinauf bis zur Kittelschürze. Bis zur Tasche der Kittelschürze. Die Tasche mit dem Schlüssel, der nirgendwo passte. (*Warum habt Ihr ihn noch, Babulya? / Ich werde ihn einmal wieder brauchen, mein Kätzchen.*) Kroch hinein, würde sich dort verpuppen.

Wird sie ein Schmetterling, Babulya?

Das wird sie. Ja.

Isst ein Schmetterling Schlüssel?

Das könnte sein, meine Kleine. Schlüssel und Erinnerungen.

Ein Schmetterling (tischtuchgroß) kroch später aus Babulyas Schürzentasche und flog durch die offene Balkontür hinaus Richtung Wald. Lautlos wie eine Eule und wie Babulyas Erinnerungen.

Den Schlüssel fanden wir nie wieder.

Grün: die Blätter der Zitronengeranie (ich muss sie düngen), ihr Geruch. Das Kleid in Petrol. Ein Vogel aus Papier. Die Spotify-App. Der Aufdruck auf dem Schuhkarton. Die Porzellanschale mit den Ohrringen darin. Das Nachtkästchen. Die Tür zum Meer. Der Rücken des Buches übers Wandern und Wundern. Der Hintergrund deines Profilbildes auf Facebook. Die Stickerei auf meinem Frotteemantel. Der Taschenkalender für dieses Jahr. Basilikum. Jade. Turmalin. Limonen. Das Wort Grenadill. Der Rasen hinterm Haus. Die Hecke bei der Bushaltestelle. Der Wald, durch den ein Engel geht.

R*ussisch Blau* ist der Name einer Katzenart. Als Einzige trägt sie ein Doppelfell. Sie ist scheu Fremden gegenüber und deshalb nicht oft zu sehen.

Preußisch Blau ist ein lichtechtes, tiefblaues, anorganisches Pigment, auch bekannt unter den Namen *Französischblau, Chinesischblau, Eisencyanblau, Bronzeblau, Pottascheblau, Stahlblau, Tintenblau,* wobei sich diese Varianten unterscheiden können.

Der sibirische Blaustern blüht im Frühling. Färbt den Waldboden und die Vorgärten. Kleine Seen aus Blau. Babulya sagt: Wer ihn pflückt und unters Kopfkissen legt, wird eine Katze – Russisch Blau.

Und wenn ich wieder ein Mensch sein möchte, Babulya? / Dann wirst du es wieder, mein Kätzchen. Aber deine Augen bleiben blau. / Das sind sie doch schon, Babulya. / Siehst du, mein Kätzchen. Siehst du.

Rot: Lillis Lippenstift sonntags. Nagellack (rubinrot, weinrot, fifth-avenue-rot, cherry, berry, love). Das Kopftuch der Frau mit dem roten Kopftuch. Der Fleck in meiner Unterhose (*Jetzt bist du eine Frau, mein Kätzchen. / Aber ich bin doch erst 11, Babulya. / Ich weiß, meine Kleine, ich weiß.*), die Streifen der Turnschuhe, die ich unbedingt möchte. Die Schrift der Lehrerin unter meinem Aufsatz. Später: Die Streifen auf der Kassenrolle, die anzeigen, dass sie bald zu Ende ist und ich eine neue einlegen muss. *Einen Moment, ich bin gleich wieder für Sie da. WarenSiezufriedenmitIhremEinkaufichwünscheIhnen einenschönenTag.*

Vitali und ich fahren an diesem Sommerabend mit dem Aufzug ganz nach oben. Von dort ist es noch eine Treppe bis zum Dach. Vitali hat einen Schlüssel zu der silberfarbenen Tür, die ins Freie führt. (*Woher hast du den? / Psst, Nanush, ich hab ihn eben.*)

Und dann stehen wir draußen. Tausend Krähen fliegen auf. Eine schwarze Wolke aus Federn Schnäbeln Augen fliegt Richtung Wald. Der andere Wald. Denn hier oben ist auch einer: Die Handymasten-Mammutbäume, die aus dem Kies wachsen und beinah den Himmel berühren.

(*Geh nicht zu nah dran, Nanush. / Und du geh nicht zu weit raus. /* Wir lachen.)

Vitali hat eine Decke dabei. Er breitet sie aus, zieht zwei Dosen Oettinger aus seiner Bomberjacke, ein Feuerzeug und einen Joint. Es ist wie früher.

Wir bleiben auf dem Dach, bis die Sonne untergeht und die Krähen zurückkommen. Legen uns flach auf den Rücken. Das Haus unter uns beginnt zu atmen. Sacht erst, bald stärker. Sein Dach hebt und senkt sich. Und dann stößt sich das ganze Haus vom Boden ab. Ein kleiner Ruck nur. Ein Moment der gespannten Konzentration. Es schwebt. (Babulya später: *Kätzchen, was habt ihr getan – ich meinte, es wäre ein Erdbeben wie in Spitak! / Spitak, Babulya? / Das weißt du nicht, das war vor deiner Geburt.*). Das Haus schwebt, getrennt von seinen drei Stockwerken Keller. Es hat sich losgerissen. Als hätte es vergessen, dass es die Schwerkraft gibt. Und als würde es genügen, sie einfach zu vergessen.

Vitali nimmt meine Hand. Und auch wir beide ganz oben schweben und noch weiter oben die Fläche des Himmels.

Wohin willst du reisen, Nanush? Vielleicht nimmt das Haus uns mit.

Nicht nach Sibirien – so viel ist klar.

Wie wäre Amerika? Neuseeland?

Das machen Valentina und Babulya nicht mit.

Wir lachen.

Sie müssen, Nanush. Das Haus macht, was es will.

Holz: der Hocker von Ikea. Ein Kochlöffel. Die Kommode mit den verzierten Schubladen. Der Bilderrahmen um das Bild mit Babulya als Braut. Gartenzäune. Zahnstocher. Eine Altflöte. Ihr Klang. Papier. Eine bemalte Marienfigur. Das Bett, in dem ich neulich schlief. Die Gleise der Spielzeugeisenbahn. Manche Altäre. Die Armaturen von teuren Autos. Der Pflock, an den Oma Elsa die Kuh band und den die ausriss. Der Tisch, auf den Felek das Börek legt, eingepackt in Alufolie. Buntstifte. Der Wald, durch den ein Engel geht.

Es ist dieser Sommer, in dem ich träume: Ich steige in einen Zug Richtung Nordost. Nichts dabei als einen Jutebeutel mit einer Zahnbürste und einem Notizbuch darin – und Babulyas Einwände sogar noch im Traum: *Ich habe noch das Sparbuch, mein Kätzchen, du kannst auch auf diese Insel fliegen. Mit Vitali. Und Valentina. / Babulya, lasst mich. / Du bist schon wie die Hiesigen. Und dann noch allein. / Babulya! / Ja ja, meine Kleine. Aber nimm ein Messer mit. Und Brot.)*

Ich fahre weiter und weiter. Meinen Kopf an eine schmutzige Fensterscheibe gelehnt. Draußen Landstraßen mit LKWs, Felder, Kiefern, Gewerbegebiete, Felder. Winzige Bahnhöfe, halb zerfallen. Schafgarbe wie Schnee und wie Milch. Die Häuser immer grauer, je weiter ich fahre, die Straßen immer schlechter. Neben den Gleisen Seen groß wie unsere Welt, darauf Seerosen. Schwärme von Vögeln, deren Namen ich nicht kenne. Ihr Gefieder grau wie Beton.

Und dann kommt das Meer.

Alle steigen aus und gehen immer weiter Richtung Wasser. Vorbei an all den Menschen Buden Eisdielen Kleiderständern Postkarten Sandspielzeug.

Auch ich gehe. Gehe, als zöge mich etwas. Als wäre ich magnetisch und die See mein Gegenstück. Wäre ich nicht weitergegangen, es hätte mich in Stücke gerissen.

Ich lasse meine Tasche in den Sand fallen – irgendwo zwischen den unzähligen Handtüchern, Sonnenschirmen, Strandmuscheln.

Das Meer greift nach meinen Füßen. Auf der Linie des Horizonts gleitet ein Tanker entlang. Das Meer greift nach meinen Knien. Sein nie endendes Geräusch greift mir ins Haar.

Und dann schwimme ich. Die Wellen heben mich hoch und lassen mich fallen, fangen mich auf, wie Onkel Wladi es früher getan hat. Ich tauche unter in die Stille. Der Meermagnet zieht mich zu sich. Ich sehe Quallen in ihrem lautlosen Tanz. Algen, die unserem Wald gleichen. Tiefer und tiefer zieht es mich.

Bis ich prustend und um mich schlagend wieder nach oben komme, das Wasser mich ans Ufer schwemmt und ich dort liege. Ich drehe meinen Kopf fort vom Wasser Richtung Land. Und dann sehe ich unser Haus. Wie ein verrosteter grauer Tanker mit 16 Stockwerken ist es mir über Land gefolgt, kommt in diesem Moment über die Düne, bereit, in See zu stechen.

Und ich weiß: Ich muss zurück.

Dann wache ich auf.

Es gibt Tage, an denen ich es nicht aushalte, wie scharfkantig die Welt ist. Der Geruch der rohen Zwiebeln. Das Messer. Meine Tränen. Babulyas. Das Wort Wahrheit. Die Haare der Moderatorin auf Russia Today. Ihre Lügen.

Ich halte dann nicht einmal Vitali aus. Auf keinen Fall seinen Hund. Die Zähne des Hundes. Vitalis Hände in seinem Fell. Ich denke dann an Vitali früher. Wie er lernte, ein Mann zu sein. Ein Mann sein ist: einen Hund zu haben, der töten kann.

Ich denke an die anderen Messer, die von Gregorij, von Vitali. Nicht für die Haut von Zwiebeln gemacht, nicht für Tomaten oder Schaschlik, sondern für die Straße. Mit diesen Messern stachen sie früher die Fahrradreifen der Hiesigen auf. Sie hatten sie dabei, wenn an der Grillhütte auf dem Hügel gegenüber eine Party war. Sie mussten sie nicht benutzen. Es reichte, dass die Messer da waren. Dass alle es wussten. Sie kamen zur Grillhütte, nahmen sich zwei Flaschen Wodka und einen Kasten Bier und gingen wieder.

Ich halte es nicht aus, dass sogar Vitali scharfkantig ist. Dass sein Hund mich töten könnte.

Nur Babulya ist es nicht. Scharfkantig. Oder doch. Ihr Schweigen ist es.

Im Wald der Weiher. Im Weiher ein Boot. Am Weiher der Steg. Und auf dem Steg steht ein Mann. Oder ein Schatten. Oder nichts.

Aus dem Wasser unseres Weihers im Wald stiegen in der Dämmerung einmal die Taucher. Früher. Sie trugen Haifischzähne, Rotalgen und die Erinnerung bei sich. Und auch nachdem sie die schwarzen Flossen abgestreift hatten, blieben sie Meerwesen Wasserwesen. AnsLandGekrochene-Kreatur. Tropfend verschwanden sie im Wald. Vitali und ich schworen, wir hätten sie gesehen. Schworen uns gegenseitig. Schworen den andern. Die lachten. *Was habt ihr geraucht?* Hat Gregorij euch was Gestrecktes verkauft? Aber im Reißverschluss meines blauen Anoraks hatten sich Algen verfangen. Sie riechen nach Salz.

Einmal, hat mir Felek gesagt, habe auch sie an einem Boot gestanden. Ein winziges Boot, halb verrostet. Sie weigerte sich einzusteigen. *No. No. No. Gib mir Geld zurück.* Und dann haben sie den Landweg genommen. Am Grund des Meeres all die Boote und das versunkene eine Wort: *Ewropa* und das andere: *Almanya*. Am Grund des Meeres ein Baby. Felek weinte darum, als wäre es ihr eigenes gewesen. Und ich weine mit, als sie es mir erzählt.

Um den Weiher liegt unser Wald. Wir gehen in diesem Sommer tief in ihn hinein. Unser Wald. Hier. Dort. Damals. Jetzt. Alles zugleich.

Tiefer und tiefer. Immer nach Osten. Immer nach Norden. Süden. In unseren Rücken die Häuser, Balkons, Straßen, Vorgärten. Die Autos, Bleikristallgläser, falschen Wimpern, Sparbücher, Playstations und was uns sonst heilig ist. Entfernen uns mehr und mehr. Drehen uns nicht um und tun es doch. Wir hoffen, der Wald würde uns heilen, uns schützen und bergen.

Todeswald, auf der Zunge wie Schlehen, wie Disteln. Fallende Körper. Knöchelchen weiß.

Und Momes Wald. Reh Wolf Bär unsre Freunde. Das Licht uns golden im Haar. Die Erde nicht Grab, sondern Acker. Mit Wurzeln, Beeren.

Gehen weiter und weiter. Bis das Haus wieder vor uns steht. Aber vielleicht ist das auch gar nicht wahr.

Was wahr ist: Dass unser Haus ein Baum aus Beton ist.

Höher als alle Kirchtürme und höher als der Wald. Es wurzelt tief in der Erde, wie Araukarien wurzeln. Als ich ein Kind war, dachte ich, man könnte vom Dach unseres Hauses aus den Himmel berühren. Wir müssten nur mit dem Aufzug ganz nach oben fahren. Onkel Wladi würde mich auf seine Schultern nehmen, ich streckte meine Hand aus und fühlte den Himmel wie blaue Wildseide.

Einmal versuchten Nelli, Vitali und ich, im Keller ein Loch zu graben. Australien war vermutlich gar nicht so weit entfernt. Wir würden durch unseren Tunnel gehen. Und in Australien hätten andere Kinder in einem Haus-Baum wie unserem die gleiche Idee. Wir träfen uns in der Mitte, tauschten die Schlüssel. Wir gingen Koalas streicheln, und die anderen Kinder bekämen Pelmeni bei Babulya, Valentina und Oma Elsa. Pelmeni waren für unser Haus das, was für Australien Koalas waren und Kängurus: eine Sehenswürdigkeit wie keine andere.

Auch heute noch fahre ich manchmal in den untersten Keller. Ich lege meine Hand auf den Boden. Ich fahre nach ganz oben, steige auf das Dach (Vitali hat ja den Schlüssel, und er leiht ihn mir). Ich lege meine Hand an den Himmel.

Der Himmel hilft immer, sagt Felek.

Was wahr ist:

Dass unser Haus sich eines Nachts in eine Araukarie verwandelt hat.

IV OKTOBER

Tagelang suche ich nach den Spuren. Es muss doch welche geben. Ein so großes Haus wie unseres, das sich in einen Baum verwandelt und wieder zurück. Irgendwo muss etwas von diesem schuppenförmigen Laub liegen. Im Aufzug, Treppenhaus. Taubendreck. Erde im Keller.

Aber alles ist sauber wie immer. Geputzt von Herrn und Frau Rappard. Poliert. Aufgeräumt von uns allen. Nie lassen wir eine Bäckertüte einfach fallen.

Nur von fern sehe ich die Tiere. Ein Fuchs. Bären. Und dann: ein Reh. Kaum mehr als eine Bewegung im Augenwinkel. Braunes Fell vor weißem Putz vor dem Metall der Aufzugtür vor dem Durchgang zum Treppenhaus. Mome! Ich laufe ihr nach. Aber sie ist schneller als ich und kennt die unsichtbaren Durchgänge von hier nach dort. Ein Sprung im Sprung und weg ist sie.

Woher sind die Tiere gekommen, Babulya? (Babulya ist die Einzige, die mir antwortet, nicht zu Boden schaut, nicht das Thema wechselt.)

Ich weiß es nicht, meine Kleine. Vielleicht auch sie selber nicht.

Ja, wahrscheinlich wissen sie es selber nicht - ob aus dem Wald, aus den Tiefgaragen oder aus unseren Seelen. Vielleicht ist es nur eine Frage der Zeit gewesen.

Der Oktober jedenfalls (*denn es ist jetzt Oktober,* sage ich zu Babulya, die oft nicht mehr weiß, wo in der Zeit sie ist) ist blauer als je. Die Blätter fallen lautlos. Wie Goldregen, erkauft mit Schmerz und Blut. Schon längst zuvor. Nur dass wir davon noch viel weniger sprechen. Ich weiß, dass es so für Babulya leichter ist. Für alle ist es leichter so. Nur für mich nicht.

Alles funktioniert reibungslos. Der Aufzug, die Laubbläser, das WLAN und das Verschweigen der Träume.

In meinen fliegen nachts die Bräute davon, wachsen den Männern Krähenschnäbel und wohnen Kaninchen in den Handtaschen. Vor allem in den LouisVuittonLookalikes vom Strand bei Antalya.

Tagsüber dagegen tun wir in diesem Jahr alle unsre Pflicht. Wir rasieren uns Gesicht oder Beine, schauen Bundesliga und Shopping Queen. Sitzen an der Bushaltestelle (die Frau mit dem roten Kopftuch), an der Kasse bei Real (ich), auf der Bank am Spielplatz bei den Kindern (Nelli), am Band bei Metabo (alle Männer), auf der Sitzfläche des Rollators unter dem Baum (Oma Elsa), auf dem Küchenstuhl am Fenster (Babulya).

Oma Elsa sagt: *Komm miet naus, Babulya. Brauchscht doch a ein bissel frijsche Luuft.* Aber Babulya will nicht. Sagt, sie müsse noch dies, sie müsse noch das. Nur ich sehe, dass sie immer kleiner wird, gebückter, langsamer.

Im Kindergarten malen die Kinder unser Haus wie ein sich im Wind biegendes Wesen, halb Baum, halb Turm. Aus den kleinen Fenstern schauen Babulya, Oma Elsa und die Frau mit dem roten Kopftuch. Darüber die Sonne. Der Mond, ein Stern wie auf der türkischen Flagge. Und ein Regenbogen. Weil Dima alle Farben ausprobieren wollte. Er schenkt das Bild Babulya. Ich hänge es an den Kühlschrank.

Warum ist das Haus so schief?, fragte Babulya. Früher. Als ich das Haus malte, wie Dima es jetzt malt.

Ich kann es nicht besser, sagte ich.

Das stimmt nicht, Kätzchen.

Doch.

Nein – du willst, dass das Haus schief ist.

Ja. Wenn wir umziehen müssen, muss es doch mit, Babulya. Wir müssen es zusammenklappen wie die Stühle auf Valentinas Balkon.

Das werden wir, mein Kätzchen. Das werden wir.

Der Oktober ist blau wie nie zuvor, der Himmel ein Seidenkleid, die Sonnenblumen beugen sich unter der Last ihrer Köpfe.

Hinterm Horizont aber drängen sich die Wolken zusammen. Graue Ungetüme, vollgestopft mit Regen, Hagel und Sturm.

An diesem Morgen, als ich zum Bus gehe, liegt Sand auf den Waschbetonstufen vor unserem Haus. Sand unter den Sträuchern, Sand am Rand der Rasenfläche, Sand steckt in den Profilen der Autoreifen. Er ist unter der Bank an der Bushaltestelle und am Eingang zur Tiefgarage. Von einem unsichtbaren Meer angespülter Sand.

Oder einfach aus den Sandkästen vom Spielplatz. (Vitali)

Ist er kalt, Kätzchen? Dann kommt er aus dem Polarmeer. (Babulya)

Einmal war der Sand Kiesel, einmal war er Stein, Geröll, Fels, Berg, Kontinent.

Einmal wird er Düne, Wüste, Geröll, Stein und wieder zurück.

Jetzt bläst Herr Rappard ihn mit dem Laubbläser aus der Rasenfläche und fort von den Sträuchern, die Autos tragen ihn in ihren Reifen an einen anderen Ort. Nur unter der Bank an der Bushaltestelle bleibt er liegen.

Als ich am Mittag zurückkomme, hat jemand dort aus dem Sand, nassen Birkenblättern, den Schalen der ausgespuckten Sonnenblumenkerne und einer Handvoll Zigarettenkippen ein Mandala gelegt. Wahrscheinlich die Frau mit dem roten Kopftuch.

Drei Tage bleibt es unberührt. Alle gehen vorsichtig drum herum, fotografieren es mit ihren Handys. Selbst der Wind scheint eine Pause zu machen. Am dritten Tag weht er es davon.

Morgens wache ich jetzt früh auf. Viel zu früh. Der Wind fährt um unser Haus. Es hört sich an wie Wogen und Gischt. Irgendwann habe ich einmal gelesen wie nachgiebig Hochhäuser sein müssen und warum. Sie biegen sich mehrere Zentimeter, um nicht zu zerbrechen.

Wie auf dem Bild, das Dima Babulya geschenkt hat: eine ungleichmäßige Kugel, die Erde. Aus ihr heraus wächst das Haus, ein schmales Rechteck mit vielen Quadraten darin. Das Haus ist viel größer als die kleine Erde. Und vielleicht hat das seine Richtigkeit, denke ich. Denn all die Geschichten sind in ihm. Die, die jetzt passieren (Ich, wie ich im Bett liege und versuche, wieder zu schlafen. Babulya, die hoffentlich schläft. All die anderen. Ihre Träume), und die, die früher hier passiert sind, und die, die wir mitgebracht haben.

Der Wind wie schwarze Wogen und Gischt, und wenn wir jetzt alle unsere Fenster öffneten, unsere Balkontüren und Wohnungstüren und die Türen zum Treppenhaus, dann würde er hindurchfahren und den Staub mitnehmen, den Schlaf und die Schlaflosigkeit.

Dill wächst an den Gleisen. Dort, wo die Züge in die kleine Stadt fahren. Und von dort weiter in die große. Dill wächst am Zaun bei Lillis Datsche. Hüfthoch. Ein zartes Gespinst gegen den Himmel. Die Blütendolden Sternbündel. Tagbilder der Nacht.

Wir legen uns Dill auf die Augenlider, wenn wir nicht schlafen können. Er wiegt sich im Wind. Er wiegt uns in den Schlaf. Ist unser Ticket ins Dazwischen.

Babulya hängt ihn auch noch in diesem Oktober büschelweise in der Küche auf. An einer Wäscheleine, die sie zwischen Schrank und Fenstergriff gespannt hat. Dort trocknet er. Wird braun. Seine Samen kauen wir. Das hilft gegen schwere Gedanken.

Die frischen Dillblüten kommen in die Gläser für die Salzgurken. Zusammen mit Knoblauch, Lorbeer, Pfefferkörnern und Johannisbeerblättern. Darauf die Gurken. (*Du musst sie mit der Gabel ein paar Mal anstechen*, sagt Babulya. Sagt es wie jedes Jahr. Und ich staune, was sie dann doch noch weiß.) Darüber das heiße Salzwasser.

So salzig wie das Polarmeer. Aber nicht so kalt, sagt Babulya. *Eher wie das Schwarze Meer.*

Wie kann ein Meer schwarz sein?, frage ich. Frage wie jedes Jahr.

Wenn es sehr tief ist, wird es schwarz.

Aber in Eurem Topf ist es durchsichtig, Babulya.

Ja, mein Kätzchen. Heute ja. Früher …

War das Wasser früher schwarz, Babulya? In Sibirien?

Manchmal. Nachts. Einmal fiel mir ein Stern in den Topf.

Ein echter Stern? Was habt Ihr mit ihm getan?

Ich schüttete ihn mit den Salzgurken in das Glas. Man hätte ihn für Dill halten können, so grün war er.

Und dann, Babulya?

Ich habe das Glas mit den Gurken und dem Stern deinem Urgroßvater geschenkt.

Hat er den Stern mitgegessen?

Nein. Dein Urgroßvater war wie du. Er konnte die Dinge sehen. Er hat ihn herausgefischt, an einem Lederband aufgefädelt und ihn um den Hals gehängt. Er hatte ihn immer bei sich. Später haben sie ihn mir geschickt. In einem Umschlag aus braunem Papier. Das Lederband war zerrissen.

Babulya –

Jetzt schütten wir das Wasser in die Gläser. Aber sei vorsichtig. Es ist heiß.

Die Salzgurken essen wir mit Kartoffeln und Butter. Und ich ahne: Nächstes Jahr wird Balulya sie nicht mehr machen, sondern ich.

Dieser Oktober ist heiß wie ein Juli. Wenn ich abends von der Arbeit nach Hause gehe, riecht unsere Straße nach Holzkohle und Grillfleisch. Morgens liegen leere Bierflaschen auf der Treppe zur Tiefgarage. Auf den Beton hat jemand russische Buchstaben gesprüht.

Etwas wie: Heute habe ich geweint.

Erst Tage später fällt mir auf, dass Nellis weißer Peugeot nicht mehr auf seinem Platz steht. Von meinem Fenster aus sehe ich ihren Mann morgens mit den Kindern zum Kindergarten gehen. Sie ist verschwunden. Ins Auto gestiegen und einfach weggefahren. Irgendwann liegt unter den Supermarktprospekten in meinem Briefkasten eine Karte, abgestempelt in Odessa. Darauf Häuser wie unseres, davor Strand und Meer, nachkoloriert – als wären das die 70er-Jahre und es ginge noch bergauf mit dem Leben, der Liebe und der sozialistischen Idee. Auf der Karte sind weder Absender noch Gruß, nur meine Adresse. Ich erkenne Nellis Schrift sofort.

Und ich denke daran, was sie mir im Sommer erzählt hat. Wir saßen draußen auf einem der riesigen grünen Sofas, die am nächsten Morgen die Müllabfuhr abholen sollte. Wer es sich leisten kann, richtet alle paar Jahre das Wohnzimmer neu ein. Im Moment haben die meisten graue, eckige Sitzgarnituren. Darüber Wandtattoos in Schnörkelschrift: *Träume nicht dein Leben. Lebe deinen Traum.*

Über dem alten grünen Sofa stand an der Wand: *Fuck the Police* und: *ACAB – all Cops are Bastards.*

Es war ein warmer Abend. Wir rauchten und tranken Bier. Und Nelli erzählte mir von den Tabletten, die sie im Spiegelschrank über dem Waschbecken versteckte und ohne die sie es nicht über den Tag schaffte. Am schlimmsten sei ohnehin der Morgen, das Geschrei der Kinder, der ganze Tag vor ihr. Wie ein weißer Tunnel, der alles verschlingt.

Ihr Mann ist nett. *Aber er versteht mich nicht,* sagte Nelli.

Na ja, was solls. Hast du noch Kippen?

Lebe deinen Traum. Und: Fuck the Police.

Ich stelle mir vor, wie Nelli im weißen Peugeot die Promenade entlangfährt. Mit heruntergekurbelten Fenstern, Salzwind in ihren dunklen Haaren. Und neben ihr einer, der sie auch nicht versteht, aber das ist egal. Ob sie die Tablettenpackung mitgenommen und dort vielleicht ins Meer geworfen hat? Wird sie je zurückkommen? Oder fährt sie immer weiter ostwärts, bis zu jenem Punkt, an dem die Sonne geboren wird? Der Peugeot ein Kohlweißling, der im Licht verbrennt.

Von meinem Bett aus sehe ich den Himmel. Von Babulyas Küchenfenster aus. Von der Bushaltestelle aus.

Der Himmel ist sehr hell. Er ist sehr dunkel. Der Himmel ist grau. Grün. Schwarzrotgold. Weißblaurot.

Vor ihm: Flugzeuge, Krähen, der Handymast, unser Haus, der Wald.

Auf seiner Rückseite: Engel, Heilige, glühende Steine und Schnee.

Hinter unserem Haus beginnt der Wald. Nachts wird er eine Mauer aus Moor, Laub und Farn, die zwischen dem Himmel und uns steht.

Schau, sagt Babulya dann und deutet hinüber: *Das sieht aus wie der ausgefranste Saum von Lillis Samtkleid.* Und ich: *Nachdem sie die Nächte und die Tage durchgetanzt hat.*

Babulya: *Oder wie Korallen am Meeresgrund.* Ich: *Ein Meeresgrund aus anderen Zeiten, gepresst zwischen Buchdeckeln* (Lexika, die niemand mehr braucht, seit es Wikipedia gibt. Das sage ich nicht. Babulya würde es nicht verstehen).

Worüber wir nicht sprechen:

An den Tagen nach diesen Nächten springen manchmal welche von unserem Haus.

Fremde, die einfach kommen, mit dem Aufzug nach ganz oben fahren. Wenn wir sie dort treffen, denken wir, sie seien zu Besuch.

Sie steigen aus, und dann klettern sie über die Brüstung des Treppenhausbalkons und lassen sich fallen.

Sie stürzen an den Fenstern vorbei und knallen auf das Vordach vor dem Tiefgarageneingang.

Seltener sind es welche von uns, die so etwas tun.

Die Medikamente haben sie durch Wodka und Crystal

Meth ersetzt – oder umgekehrt. Sie springen vor den Augen der Nachbarin, fliegen vorbei am Küchenfenster ihrer Großmutter und zerbrechen auf dem Beton in tausend Stücke.

Ihre Seelen aber werden von den Engeln aufgefangen (das glauben wir fest), Engel, die sich in diesem Moment aus den Ikonen lösen. Herbeirauschen aus den Wäldern des Kaukasus, den Steppen der Mongolei, dem Schnee Sibiriens.

Wir schweigen über diese Dinge. Halten den Kindern die Augen zu. Und versuchen, möglichst wenig zu weinen.

Weil wir ahnen: Wenn wir damit anfangen, hören wir nicht mehr auf.

Später klingelt das Handy. Feleks Handy. Nicht meines. Sie hat es bei mir vergessen.

Und ich weiß es nicht zu bedienen, es klingelt weiter, eine scheppernde Melodie, und auf dem Display erscheint ein Name: Suleiman Akir.

Im Handy: eine Geschichte wie von fern. Erzählt hinter geblümten Vorhängen.

Von einer Reise. Damals. Zwei Monate mit dem Bus und zu Fuß, versteckt in einem LKW.

Zusammen mit andern. Bein an Bein und Arm an Arm. Eine mit dem Baby an der Brust. Das schrie und schrie. Und die Grenze kam näher. Und die Angst stand in der Luft wie angehaltener Atem. Da sagte einer: Das Baby muss still sein. Sonst sind wir alle verloren. Einer sagte es, und alle dachten es. Eine große Hand auf dem winzigen Mund. Ganz leicht ginge das. So leicht. Und welche standen auf im rüttelnden Wagen. Und andre standen auf. Und die Luft wie stockender Atem.

Bis Felek das Messer aus der Tasche zog, es in die Luft hielt, hoch über ihren Kopf. Das Herz in ihrer Brust rannte, wie der Vater rannte. Damals. Eine andere Geschichte.

Und sie schrie, zitternde Stimme, sich überschlagend: »Wenn ihr dem Kind etwas tut, schlitze ich die Plane auf, und wir sind alle verloren.«

Achtzehn Jahre alt war Felek, versteckt in einem LKW, der sie ausspuckte in eine Stadt, deren Sprache sie nicht sprach.

Das Handy klingelt weiter. All die 16 Stockwerke hinunter. Suleiman Akir. Ein fremder Name in meiner Jackentasche.

Mit welchem Messer schneidet man Fleisch?
Mit welchem Messer schneidet man Zwiebeln?
Mit welchem Messer schneidet man Kürbis?
Mit welchem Messer schneidet man Kuchen?
Mit welchem Messer schneidet man diesen haarfeinen
Faden durch, der uns für immer an die Birken Sibiriens
bindet? An die Wolken Kurdistans?
Mit Messern schneidet man Plexiglas.
Mit Messern schneidet man Styropor.
Mit Messern schneidet man Tulpen an, Hortensien zurück,
Blätterteig zu, dem Feind die Kehle auf.

Auf Messern ging Babulya ins neue Land. Wie die kleine

Meerjungfrau in meinem Buch aus der Stadtbücherei.

Meine kleine Babulya.

Ein Messer gab mir Vitali. Aber ich wusste es nicht zu benutzen.

Jacquie ist Lillis Nichte. Und Oma Elsas Enkelin (so wie alle Oma Elsas Enkelkinder sind). Sie wohnt mit ihren Eltern und ihren beiden kleinen Geschwistern in unserem Haus im 5. Stock. Wir kennen uns. Weil alle Babulya kennen. Und deshalb auch alle mich. Und ich alle.

Jacquie erzählt mir und der Frau mit dem roten Kopftuch, dass sie manchmal in die Stadt fährt. Wenn die anderen (das sind: Mirna, Kevin, Jason, so wie früher: Vitali, Nelli, Gregorij, ich) dabei sind, gehen sie zu Primark und Burger King. Auf der Toilette hört Jacquie, wie Mirna sich den Finger in den Hals steckt und all die Kalorien wieder herauskotzt. Mirnas Mutter ist so dünn wie Mirna, und sie übt mit ihr, auf hohen Schuhen zu gehen. Mirnas Großmutter ist fast so dick wie Oma Elsa. Mirna und Jacquie haben früher bei ihr Krebli gegessen, ausgebacken in Fett, und selbst gemachte Waffeleier, gefüllt mit Nüssen, Honig und Butter. Jacquie schaut Mirna an, die aus der Toilettenkabine kommt. Sie ist vermutlich blass unter all ihrem Make-up, aber das kann man nicht sehen. Mirna schüttelt sich kurz, dann lacht sie und schminkt ihre Lippen nach. Lipgloss Cherry-Blossom.

Wenn Jacquie allein in der Stadt ist, dann geht sie die

Seitenstraßen entlang, fort von den Einkaufszentren. Dorthin, wo es Secondhand-Läden gibt mit Ballonseidejacken, wie die Männer in unserem Haus sie tragen, wenn sie Feierabend haben. Sie sieht weiße Socken in Adiletten und Arme voller Tattoos – aber so anders als die verwischten undeutlichen auf den Armen von Onkel Wladi, so anders auch als die Adiletten zu Hause. Deutlicher, entschiedener, ohne Zufall.

Die Menschen in den Seitenstraßen haben schon immer hierhergehört. Niemand hat mit ihnen geübt, auf hohen Schuhen zu gehen, niemand hat sich ins Schlafzimmer gesetzt, auf die rosafarbene glänzende Überdecke, den Blick auf die Wand gerichtet und geweint, wenn sie eine 3 geschrieben hatten.

Die Menschen in den Seitenstraßen haben nicht gestern zwei Stunden Klavier geübt, ihre Mütter putzen keine Fenster von Fremden, ihre Großmütter teilen sich kein Bett mit ihnen.

Die Bushaltestelle in der Seitenstraße ist neuer und zugleich heruntergekommener als die bei uns. Eine Frau hat dort eine Isomatte ausgelegt und einen Haufen Taschen und Tüten. Sie scheint da zu wohnen. Jacquie geht schnell vorüber. Die Frau spricht mit sich selbst. Sie schreit etwas von »Ficken« und dass André doch bei seiner Schlampe bleiben solle. Als Jacquie das erzählt, muss ich an Sergej denken. Mirnas Bruder. Auch er hat so geschrien. So mit sich selber gesprochen. Es war nicht nur der Wodka wie bei anderen, nicht das Speed oder sonst etwas aus Gregorijs Vorrat. Das alles hat es nur schlimmer gemacht, aber es war schon vorher da. Es ist das, was Mirna sich den Finger in den Hals stecken lässt, was die Augen ihrer Mutter starr macht, selbst wenn sie lächelt. Es ist etwas, für das Jacquie und auch ich keine Worte haben, obwohl es da ist. Niemals hätten Jacquie, ich, Mirna, Mirnas Mutter, Großmutter oder sonst jemand aus unserem Haus zugelassen, dass Sergej wie diese Frau lebt.

Mirna, sagt Jacquie, Mirna sage, er sei jetzt zum Studium in Jekaterinburg. Dort lerne er die neueste Technologie und komme dann, mit einem Tesla, zurück und heirate Jacquie. Sie lacht. Jacquie weiß, dass Mirna lügt. Ich weiß es. Vitali. Valentina. Sogar Babulya, die nicht mehr so viel weiß wie früher. Und Mirna weiß, dass wir es wissen.

Wo ist er wirklich?, fragt Jacquie mich und die Frau mit dem roten Kopftuch. Die Frau schüttelt den Kopf. *Er ist fort,* sagt sie. *Und du wirst ihn nicht zurückholen können. Auch nicht mit dem stärksten Zauber.*

Jacquie lehnt ihren Kopf an die eine Schulter der Frau mit dem roten Kopftuch, ich an die andere. Sie riecht nach Waffeleiern, Zucker und warmer Butter. Und dann weint Jacquie. Dabei hat sie keine 3 geschrieben, sondern eine 1. Wie fast immer.

Nachts kann man, so meine ich zumindest, unser Haus atmen hören.

Es atmet, wie Babulya im Schlaf atmet. Gleichmäßig und tief. Mit geschlossenen Augen in einem Dunkel wie die Tiefsee.

Manchmal schreckt es hoch. Wenn Vitali und Gregorij nach Hause kommen und die Tür zu laut ins Schloss fallen lassen. Wenn eins der vielen Babys der baptistischen Familien schreit und allzu schnell wieder still ist. Oder wenn mir im Treppenhaus das Schraubverschlussglas für die Zigarettenkippen aus der Hand rutscht. Dort sitze ich in Schlafshirt und Strickjacke und rauche, wenn ich nicht schlafen kann. Unter mir 16 Stockwerke Treppen.

Nähme man die Außenwände fort, könnte man mich weit oben sitzen sehen. Ein winziger Punkt mit einem noch winzigeren Feuer neben sich schwebend in der Luft.

Die aus Beton gegossenen Treppen wie ein knochiger Auswuchs des Hauses. Oder wie knotige Äste.

Nähme man die Außenwände fort, sähe man Babulya unter der geblümten Steppdecke. Felek im Arm ihres Mannes. Die Frau aus dem 3. Stock auf und ab gehen mit dem Kleinsten. Man sähe jemanden sich ducken unter einer Hand. Und Frau Rappard am Küchentisch, über die Abrechnung gebeugt, schlaflos wie ich.

Der Morgen hatte früher graue Wolken im Haar, Wind. Weckte mich. Kochte Tee. Am Morgen war Babulya leise wie der Wald und die Wolken. In der Küche schnitt sie das süße Brot in dicke Scheiben. Sie weiß bis heute nicht, dass die Hiesigen Vollkornbrot essen von Tellern, die entweder ganz weiß sind oder alt und geerbt. Keine Teller mit sichtbar aufgedrucktem Blumenmuster. Teller, auf die Babulya stolz ist. Sie rührte Marmelade in den Tee. Sagte: *Iss, Kätzchen. Trink.*

Ich denke daran, wie sie mir früher die Haare kämmte. Sie befestigte sie mit rosa Spängchen. Sie passten genau zu meinem rosa Shirt. Ich hielt still.

Babulya, ich will schlafen. (Ich. Damals.)

Ich weiß, meine Kleine.

Wo sind wir, wenn wir schlafen?

Wir fliegen davon.

Nach Sibirien?

Vielleicht.

Aber wir sind zusammen, Babulya?

Das sind wir, mein Kätzchen. Das werden wir immer sein. Solange ich lebe. Hab keine Angst.

Aber wenn ich nicht nach Sibirien möchte?

Dann musst du es nicht.

Aber Ihr wollt dort sein.

Ja. Aber nun bin ich hier. Bei dir.

Wir können nachts dort sein, Babulya. Aber tags muss ich doch hier sein. Mit Vitali und den anderen.

Ja, meine Kleine. Das musst du. Und das sollst du. Trink deinen Tee aus. Wir sind spät.

Heute wecke ich sie. Schleiche in ihr Schlafzimmer, wo sie unter der geblümten Steppdecke liegt. Meine kleine graue Babulya. Ich streiche ihr durch die Haare wie Flaum.

Sie schreckt hoch. Starrt mich an. Sagt: *Kätzchen. Sie kommen. Versteck dich.*

Ihr habt nur schlecht geträumt, Babulya.

Versteck dich!

Sie springt aus dem Bett. Ihre dünnen Beine mit den lila Adern. Ihre nach außen gekrümmten Zehen. Die gelben Nägel. Unterm Flanellnachthemd die blaue Windelhose.

Babulya –

Schnell, mein Kätzchen. Unters Bett mit dir!

Und wir kriechen gemeinsam darunter. Ins Dunkle. Warten. Ihr Atem flach. Bis ich sage:

Ich glaube, sie sind weg, Babulya. Soll ich Euch Tee kochen?

Und sie: *Ja, mein Kätzchen. Da haben wir noch einmal Glück gehabt.*

Der Friedhof ist auf dem Berg gegenüber. Dort liegen unsere Toten in großen Gräbern, lang ausgestreckt. Die toten Vögel, die Hamster, kleinen Hunde und Fische begraben wir auf der Wiese hinter unserem Haus. Wir stecken Plastikrosen in die Erde, um nicht zu vergessen.

Nur wohin wir mit all den Geschichten sollen, der Angst, die nachts vor unserem Bett steht, den Plänen, Träumen, das wissen wir nicht.

Vielleicht wachsen aus ihnen Rosen, wenn wir sie erst einmal begraben haben.

Besser: Hanf. (Vitali)

Oder Tomatenstauden. (Ich)

Kohlrabi, Wassermelonen, Stiefmütterchen.

Später wird derselbe Oktober kalt wie ein Januar. Schnee fällt und legt sich über das Gelb der Birkenblätter und das Gold der Linde. Ich ziehe mir die Kapuze meines Anoraks tief ins Gesicht. Dennoch meine ich zu sehen, wie die Augen der Frau mit dem roten Kopftuch mir folgen.

Je kälter es wird, desto weniger sprechen wir über die Liebe und desto mehr über den Tod. An den Gräbern drüben auf dem Nachbarhügel hüpft jetzt öfter ein Rotkehlchen herum. Mehrere erzählen mir davon. Es ist so zahm, dass es Sesamkörner aus der Hand frisst. Die Totengräber wollen es auch in der Kapelle gesehen haben. Und in den Kammern, in denen die Verstorbenen aufgebahrt werden.

In einer davon liegt in diesem Oktober Onkel Heinrich Soder, der vieldekorierte Held der sowjetischen Landwirtschaft. Das Rotkehlchen hat einen Haufen kleine rote Gerberablätter vom Sarggesteck auf das Revers seines Sonntagsanzugs gelegt, erzählt mir seine Tochter. Am offenen Sarg sehe ich es – die Gerberablätter liegen genau dort, wo sein Herz 93 Jahre lang geschlagen hat. Es ist ein starkes Herz gewesen. Stark wie seine Hände, die die großen Traktoren einst durch die Kolchose gelenkt haben und später die Wasserhähne in unserem Haus reparierten, alles reparierten – von hier bis zum Horizont.

Die Gerberablätter sähen aus wie eine Wunde, sagen die einen. Die anderen erkennen in ihnen einen Orden.

Ich nehme mir vor, die Frau mit dem roten Kopftuch zu fragen, was wahrscheinlicher ist. Irgendwie vermute ich, sie könnte es wissen oder hätte vielleicht sogar damit zu tun.

An Onkel Heinrich Soders Grab jedenfalls singen Babulya, Oma Elsa und die anderen Frauen aus Bruder Emils Bibelstunde mit ihren Stimmen brüchig wie Backpapier, das im zu heißen Ofen gewesen ist: *Hätt ich Fliegel, flejg ich ieber Wald ond Hiegel.* Und ich denke an die Enten auf den nassen Feldern der Kolchose. An die Krähen auf den Handymasten auf unserem Haus. An das Rotkehlchen. *Lasst mijch geihen, lasst mijch geihen, dass ich Jesum mege sehjn.*

Wir lieben Helene Fischer. Wir alle.

Sie iiischt eijne von uns. Sagt Oma Elsa.

Oma Elsa und Babulya, Valentina, Vitali, Lilli, ich: Wir sitzen auf dem Sofa, aufgereiht wie die Krähen auf der Hochspannungsleitung. Die Flügeltüren des Einbauschrankes sind geöffnet. Blick auf den Fernseher. Bei Vitali und Valentina wäre er größer. Flachbild. Natürlich. Aber Helene gehört in den kleineren Fernseher, in den von Oma Elsa. *Eijne von uns.* Zusammen mit den selbst gemachten Waffelnüssen vor uns auf dem Tisch (passend zum Einbauschrank) und den kleinen Gläsern mit immer zu süßem Wein. Den großen Gläsern mit Wodka. Ein Teller mit Speck. Ein Schälchen mit eingelegten Tomaten.

Helene moderiert, singt, tanzt, turnt am Trapez. Alle zwanzig Minuten wechselt sie ihre Kleider – etwa so häufig wie die Sängerinnen in Lillis Chor Kalinka. Sie trägt niemals flache Schuhe. Nie wären ihre Haare nicht perfekt. Ihr Körper ist der einer Hochleistungssportlerin, Bauchmuskeln aus Stahl, trainierte Oberarme – aber nicht wie die von

Vitali, die mehr eine Art Dekoration sind – Helenes Oberarme sind zu etwas nütze: Sie zieht sich mit ihnen nach oben, unter die Decke des Fernsehstudios, weit hinauf, so dass alles darunter klein wird: die Putzjobs, die schlechten Träume, die nicht funktionierenden Heizungen, die Sprachlosigkeit. Alles, nur wir nicht. Wir werden groß. Denn: *Sie iiiist eijne von uns.* Und dort im Fernsehstudio ist sie nur, weil sie ist wie wir: rücksichtslos gegen sich selbst, trainiert im Trainiertsein.

Wir kennen jedes ihrer Lieder. Und singen mit. Auch Oma Elsa und selbst meine kleine vergessliche Babulya – im richtigen Tempo, nicht schleppend wie in den Bibelstunden und an den Gräbern, sondern schnell und als wären sie wieder jung.

Ja, wir lieben Helene, und wir scheren uns nicht darum, dass die Hiesigen sie verachten. Dass sie ihnen zu glatt ist, zu glänzend, zu lächelnd, zu verschlossen. Unmerklich (aber ich merke es doch) pressen sie die Lippen zusammen und atmen durch die Nase aus, wenn vor ihnen jemand eine CD von ihr auf das Kassenband legt.

Das ist nicht wahr, Nanush. Es macht dir etwas aus. (Vitali, später, auf dem Balkon, die anderen Häuser nur Fensterlichtflecken im Dunkel, atemlos in der Nacht.)

Ja. Sie wissen nichts. Sie wollen nicht wissen. (Ich.)

Es sind ja nicht alle, Nanush.

Nein. Aber die, die ...

Du wirst nie zu ihnen gehören. Du gehörst zu uns.

Vitali, der sein Handy herausholt. Ich, die ich lache, weil ich weiß, was kommt. Wir, die wir mit Helene auf Spotify singen, laut, einander abwechselnd und bis zum Wald und zum Himmel: Von zerrissenen Jeans und um die Häuser ziehen – das können wir mit keinem anderen. Wir singen von Partylärm und Autobahn – und sowas kann ich nur mit dir, Vitali. Mit dir, Nanush.

Lass uns wieder reingehen, Nanush. Oma Elsa hat bestimmt noch Geräuchertes.

Heute sitzt die Frau mit dem roten Kopftuch wieder den ganzen Tag an der Bushaltestelle, und ich überlege, sie zu fragen, was ich mit Babulya tun soll. Babulya, die vergisst, den Herd auszumachen, aber nicht vergisst, dass Mome ein Reh ist. Die nach ihrem Schlüssel sucht, und wenn ich ihn ihr gebe, sagt: *Nicht der, Kätzchen. Der andere. Der zum Haus in Sibirien.*

Ich könnte die Frau mit dem roten Kopftuch fragen, ob das Haus, das Babulya meint, in dieser Welt steht oder in der anderen. Aber ich frage nicht. Weil ich die Antwort weiß.

Ich frage sie stattdessen: *Soll ich Euch Tee bringen? Es ist kalt.*

Und sie nickt. Lächelt. Nickt.

Also fahre ich mit dem Aufzug hinauf – nicht in meine Wohnung, dort bin ich kaum noch, sondern in Babulyas. Die liegt auf dem Küchensofa unter einer Decke aus tausend Farben. *Ach, du bist es, Kätzchen,* sagt sie. Und schläft weiter.

Ich stelle den Kessel auf den Herd. Vor Jahren schon habe ich Babulya einen Wasserkocher geschenkt. Selbstabschaltend, schnell und sicher. Sie hat ihn kein einziges Mal benutzt. Und ich benutze ihn nun auch nicht. Ich schütte Teeblätter in die kleine Kanne, Minze vom Balkon dazu. Das sprudelnde Wasser darüber. Schließe kurz die Augen und atme ein. Rieche den Sommer. Öffne die Augen wieder. Sehe auf meine Hände. Sehe auf Babulyas Hände auf der bunten Decke. Sehe meine Hände ein altes Marmeladenglas mit Zucker füllen. Sehe sie das Glas, zwei Tassen und zwei Löffel in Babulyas Einkaufstasche legen. Und dann fahre ich auch schon wieder nach unten. Die Teekanne in der Hand, die Tasche überm Arm.

Die Frau mit dem roten Kopftuch lächelt. Nickt. Klopft auf die Bank. Ich setze mich zu ihr.

Ich bin so müde, sage ich. *Als wäre ich sehr weit gegangen.*

Sie nimmt mir die Tasche ab. Packt sie aus. Schenkt Tee ein. Als wäre sie die Gastgeberin. Und natürlich ist sie das auch, an diesem Ort. Bushaltestellen-Schamaninnen-Platz.

Das bist du auch. Nicht nur deinen Weg. Sondern alle Wege. Aber jetzt bist du hier.

Und dann sagt sie nichts mehr (überhaupt habe ich sie noch nie zuvor so viele Sätze am Stück sagen hören) und auch ich nicht. Wir rühren Zucker in unseren Tee. Trinken schweigend.

Jetzt sind wir hier. An dieser Bushaltestelle vor diesem Haus. Und wir werden heute in keinen Bus mehr steigen. Auch morgen nicht. Und nicht übermorgen. Jetzt sind wir hier.

W*ie back ich Brot,* sagt Felek. Und zeigt es mir.

Ihr Brot ist aus Mehl (*egal, ob du dunkles oder Weißmehl nimmst*), Wasser, Hefe, Salz, Zucker, Joghurt (*ich hab heut Morgen welchen für dich gemacht*), Öl.

Die Maßeinheiten sind händevoll, wie-ein-Apfel, nicht heiß und nicht kalt, bisschen warm, etwa so.

Weich ist besser als hart – das gilt für Teig, für Menschen, Kaffeepausen, den Wald und den Himmel.

Dann machst du so. Und so. Das ist alles. Sagt sie. *Und ein bisschen Liebe drin ist auch nicht schlecht.*

Ich vermute, etwa zwei Drittel der Mehrfachsteckdosenleisten unserer Stadt oder der Welt befinden sich in unserem Haus. Ich habe in jedem Zimmer zwei, weil die in die Wände eingelassenen Steckdosen nicht ausreichen. Ihre Zahl stammt aus den 60ern, als unser Haus gebaut wurde und es noch keine Wasserkocher, Kaffeevollautomaten, Mikrowellen, Handyaufladestationen, Spülmaschinen, Playstations, Flachbildfernseher, Getränkekühlschränke, Musikboxen und UV-Lampen zum Nagellack-Härten in jeder Wohnung gab. Und im Beton lassen sich keine zusätzlichen Steckdosen verlegen.

Irgendwann haut es uns allen die Sicherung raus. (Vitali, während er sein Handykabel in eine Steckdosenleiste steckt, an der mein Kühlschrank, meine Mikrowelle, der Wasserkocher, der Herd und der Entsafter, den ich nie benutze, hängen)

Aber eigenartigerweise passiert das nie. Nicht einmal, wenn Babulya in Panik den Herd aussteckt, weil sie nicht mehr weiß, wie man ihn anders ausmacht. Nicht einmal, wenn Mirnas Mutter ihre Tabletten nicht nimmt. Nicht einmal, wenn ich zu viel trinke. Nicht einmal, wenn Frau Schneider vom Jugendamt bei den baptistischen Familien mit den vielen Kindern klingelt.

Die Sicherung hält. Der Glasteller in der Mikrowelle dreht sich. Vitalis Handy leuchtet auf (Message von Gregorij). Und ich habe genug Backpulver gekauft, um Babulyas eingebrannte Töpfe zu retten.

I*ch wünschte, wir wären Tiere, mein Kätzchen.*

Was für Tiere, Babulya?

Füchse, meine Kleine. Rehe. Und Bären.

Aber warum?

Die Tiere kennen keinen Krieg. Keine Trud. Keine Waggons. Keine Reisen.

Die Vögel schon.

Ja, die Vögel. Bin ich ein Vogel, meine Kleine?

Und tatsächlich sieht sie ja wie ein Vogel aus mit ihrer spitzen Vogelschnabelnase, ihren dunklen Augen. Die weißen Haare zerzaust und weich wie Daunen, darunter die rötliche Kopfhaut. Meine kleine gebeugte krumme dünne Babulya. In ihr die Kraft der Jahrhunderte. Die Kraft eines fliegenden Schwans, die uns hierhergebracht hat. Zentrifugalkraft.

Ja, Ihr seid ein Vogel, Babulya. Ein Schwan im Wind. Über dem Meer. Über dem Eis. Wenn die Birken golden sind vor dem Nebel. Ihre Blätter fallende Taler auf die Straße vor unserem Haus. Darüber Ihr und Euer weißes Gefieder ein weißes Rauschen. Ich sehe Euch fliegen, kleiner werden, verschwinden im Weiß des Himmels. Weiß in Weiß. Macht Ihr mich auch zu einem Vogel, Babulya? Nehmt Ihr mich auch diesmal mit?

All das sage ich nicht, stattdessen:

Wollt Ihr noch Tee, Babulya?

Seit Nelli fort ist, kommen nicht nur die Rehe und der Fuchs bis zu unserem Haus. Es kommt der ganze Wald. Wie es in ihrer Küche gewesen war.

Nelli wohnte gegenüber von unserem Haus. Niemand von uns zieht weg. Fast niemand. Nelli wohnte hier mit Mann und Kindern. 4-Zimmer-Wohnung, Eigentum. Nelli hatte es geschafft.

Von ihrem Küchenfenster aus konnte man den Wald sehen. (Das Küchenfenster doppelt verglast, wärmegedämmt.)

Wenn sie es öffnete, spiegelte er sich darin. Ein Grün-an-Grün. Die Eichen wurzelten dann in ihrer Spülmaschine. Zwischen den Tellern mit Resten von Marmelade und den Tassen mit Kakaorändern wuchsen sie, wuchsen bis zur Decke. Kücheneichen. Der Fuchs sprang herein und schnürte über die frisch gewischte Arbeitsplatte. Er sah sich um und Nelli direkt in die Augen.

Wir kennen uns gut, Nanush, wir kennen uns sehr gut, sagte sie dann zu mir und schlug dem Fuchs ein Hühnerei auf. Ich saß währenddessen auf einem der hohen Hocker (Metall und weißes Kunstleder) und schaute zu. Der Fuchs leckte Nelli das Ei aus der hohlen Hand.

Die Häher flogen herein und begannen, in der Dunstabzugshaube Nester zu bauen. Ihr ratschendes Rufen übertönte den Fernseher, der im Wohnzimmer nebenan lief. Wenn sie anfingen, die Schulhefte der Kinder in kleine Stücke zu reißen, knallte Nelli das Fenster zu. Der Wald, der Fuchs, die Häher waren dann fort.

Es kommt also nun der ganze Wald.

Nur, dass es nichts hilft, die Fenster zuzumachen. Der Wind bringt die Samen der Buchen Eichen Fichten Birken Kiefern mit. Sie fallen zwischen die Rosen, Tomaten, in die sorgsam zurückgeschnittenen Hecken. Dort wachsen sie. Wir reißen sie aus. Am nächsten Morgen sind sie wieder da. Niemand wird ihnen Herrin. Nicht einmal die Rappards oder Valentina.

Der Wald begnügt sich irgendwann auch nicht mehr mit den Vorgärten, nicht mit den kleinen Stücken Rasen hinter den Reihenhäusern (von meiner Wohnung aus sehen sie aus wie Schuhkartons), nicht mit den Grünanlagen zwischen den Blocks. Seine Samen fliegen bis zum obersten Balkon. Sie setzen sich in die Risse zwischen den Betonplatten. In die Kästen mit leeren Bierflaschen. In den Korb mit Wäsche, den Babulya nur für einen Augenblick dort hat stehen lassen, weil das Telefon geklingelt hat. Als sie zurückkommt, findet sie eine kniehohe Birke, die ihre Wurzeln in die blaue Bluse mit dem weißen Kragen krallt. (*Babulya, das habt Ihr Euch nur eingebildet. / Nein, mein Kätzchen, es ist wirklich wahr. / Was habt Ihr dann gemacht? / Was hätte ich machen sollen, meine Kleine? Was können wir ausrichten gegen den Wald?*)

Wie kommen wir zur Arbeit unten in der Stadt? Wie auch nur bis zum Real? Ich weiß es nicht. Weiß nur: Wir sprechen nicht davon. Tun, als wäre es normal, auf dem Weg zum Bus mit dem Messer oder der Geflügelschere eine Schneise schlagen zu müssen. Wir sprechen nicht davon und niemand fragt uns. Dabei sind unsere Arme zerkratzt von Brombeerdornen. Unter den Fingernägeln Birkensamen.

Der Strom fällt aus. Aber wir haben natürlich Campingkocher. Wir haben alles, was man zum Überleben braucht.

(gemurmelt zum Haus hin, zur Araukarie im Wald, zum Haus, zur Araukarie, zum Haus):

Für dich, denn du hast uns gerettet,
für dich, denn du hast uns erhört,
dich bitten wir, dass du uns bewahrst
und das Haus mit den Zweigen, die wie ausgebreitete Arme sind

V HIMMEL

Unser Haus hat einen kleinen Spielplatz zu seinen Füßen. Einen Sandkasten, Rutsche und Schaukel. Jetzt, wo es kalt geworden ist, liegt er verwaist da. Nur eine gelbe Plastikschaufel und die Überreste einiger Joints erzählen von wärmeren Tagen. Ich werde eigenartig traurig, wenn ich Kinderspielzeug sehe. *Vielleicht, weil du auch ein Kind haben solltest*, sagt Felek. Aber ich vermute hinter dem Ziehen zwischen Herz und Hals etwas anderes. Mir ist, als säße ich selbst, klein wie der Däumling im Märchen, in meiner Brust. Eine winzige Figur, kauernd im Nichts, die Ärmchen um die Beine geschlungen, von mir und der Welt vergessen. Vergessen wie all die Geschichten, die sie nur mir erzählen, hinter den geblümten Vorhängen und auf den grünen Sofas, eine Flasche Bier oder ein Glas Tee in der Hand. Die Geschichten von Wäldern und Armeen. Von Schüssen aus dem Hinterhalt und von vergifteten Seen. Geschichten, von denen nichts übrig ist als ein paar Fotos mit welligem Rand.

Dann fällt Schnee in unseren Wald. Er fällt wie aus tausend Himmeln. Verweht die letzte Grenze zwischen Wald und Beton.

Legt sich auf die Tannen Eichen Buchen Schlehen Moos Gestrüpp. Auf die Autos Rollatoren Mülltonnen Handymasten Menschen.

Weiß wie die Smetana, die Lilli mir auf die Wareniki schöpft. Und wie das Brautkleid, das in Nellis Schrank hängt, auch jetzt noch, wo sie fort ist. Der Schleier, der kleine Beutel, benäht mit Swarovskisteinen. Sie hat ein Vermögen ausgegeben für diesen einen Tag. Weiß wie Babulyas

Haare unter dem durchsichtig-blauen Tüchlein, das sie sich auf den Kopf legt, wenn sie betet.

Der Schnee fällt und fällt. Ein einziges großes Gebet.

Der Wind treibt die Flocken von Osten her. Sie fliegen mir in Mund und Augen. Ich ziehe den Anorak enger um mich, damit der Schnee mir nicht bis ins Herz fällt. Aber er tut es doch.

Babulya, was ist Schnee? (Ich, früher)

Mein Kätzchen, was fragst du für Sachen? Du weißt doch, was Schnee ist.

Aber wer hat ihn gemacht?

Niemand. Er war immer da. Wie der Wald, der Himmel, der Fluss, das Licht.

Aber gestern lag noch kein Schnee, Babulya!

Doch. Du konntest ihn nur nicht sehen, Kätzchen. Und jetzt hinaus mit dir. Wo sind deine Handschuhe? Du musst einen Schneeengel machen für mich.

Einen Schneeengel zu machen, ist einfach. Zuerst suchst du nach einer unberührten, glatten Schneefläche. Du legst dich mit dem Rücken in diese Fläche hinein – die Arme und Beine ausgestreckt. Dann ruderst du mit ihnen auf und ab und hin und her. Dadurch entstehen im Schnee drei Mulden: zwei Flügel und ein Kleid.

Eine Variation ist der Schneeadler. Du drückst Arme und Beine versetzt in den Schnee und hinterlässt ein Gefieder.

Jedes Jahr machen Vitali und ich Schneeengel. Auf der riesigen weißen Fläche hinterm Haus. Babulya und Valentina schauen uns von Babulyas Balkon aus zu. Sie sind dick eingepackt in ihre Mäntel (Babulyas mit dem kleinen Kragen aus Nerz, Valentinas sieht aus wie eine rote Steppdecke). Wir winken hinauf, dann lassen wir uns in den Schnee fallen und beginnen unsere Engel&Adler-Produktion. Wir tun das noch, als wir schon viel zu alt dafür sind. Die Schneeengel sind das einzige Kindliche, was Vitali tut. Aber weil seine Muskeln groß sind und es den Hund gibt, wagt niemand, ihn dafür auszulachen. Wir bedecken die ganze Fläche hinterm Haus mit Engeln und mit Adlern. Mit Adlerengeln. Engelsadlern. Vitalinanushkawesen mit Flügeln.

Einmal legen wir uns mit dem Gesicht nach unten in den Schnee. Meine Haut glüht. Wir bewegen Arme und Beine, als schwömmen als flögen wir durch die Eisdecke hindurch, bis zur Grasnarbe, bis in die Erde, tief hinein in ein gefrorenes Inneres. Tiefer und tiefer. Hinein in ein Vergessen. Sibirien. Schnee Eis Kristalle urzeitliche Kohle erstarrte Magma in unseren Lungen. So weit und so lang schwimmen fliegen wir, bis wir selber Schnee und Erde sind und Sibirien, so lange, bis Babulya und Valentina rufen, nun sei es genug.

Unsere alten Pässe sind längst fort. Vom Balkon gefallen in den Schnee. Vom Wind fortgenommen. Von den Krähen in kleine Stücke gerissen. Verloren in einem LKW. Versunken im Meer. Pässe, auf denen einmal gestanden hat, wir seien deutsch, russisch, wir seien kurdisch, wir seien irgendetwas, das wir vergessen haben. Nun sind wir nichts mehr. Und wir sind alles. Unsere Geschichten stehen in keinem Buch. Sind nur gedacht, geflüstert, eingeritzt in die Wände aus Beton. Spuren aus Staub in den Kellern. Kleine Abkürzungen getarnt als Tags, gekritzelt mit Edding an die Wände im Treppenhaus, wo niemand vorbeikommt, weil alle den Aufzug nehmen.

Felek hat ihre nur einmal erzählt. (*Der Anwalt sagte, ich muss. Sonst darf ich nicht bleiben.*) Es war ein Zimmer mit Teppichboden. Fenster mit grünbraunen Vorhängen. Ein Schreibtisch aus dunklem Holz. Dahinter eine Schrankwand voller Akten und Bücher bis zur Decke. Zwischen Schreibtisch und Schrankwand die Richterin. Blonde kurze Haare, weiße Bluse, schwarze Robe. (Der Anwalt sagte: *Die hat sie an, damit du merkst: Sie ist die Richterin.*)

Nur einmal. Rückwärts. Vom Auto (*ein Taxi, ich gab ihm einfach alles Geld, das ich hatte, weißt du*) zurück in den LKW (dort das Baby. Das Messer. Feleks Stimme: *Nein*). Den Wald. Die Grenze. Den Wald. Nicht in das Boot. (der Moment, in dem klar ist: Es ist Felek, die entscheiden wird. Die andern hören auf sie. Auf ihr Nein.) Den Bus. Rückwärts zum Dorf. Als ob man das könnte: einfach rückwärtsgehen. Wieder hinein ins Versteck im Küchenschrank. Als ob die Kugel zurückflöge ins Projektil. Das Blut auf der Brust des Vaters zurückflösse zum Herz. Er wieder aussähe wie zuvor, wie auf dem Foto, das überm Fernseher hängt. In unserem Hier und Jetzt. Als ob man das könnte: zurückgehen in eine Zeit, in der die Erinnerung nicht hinter den Augenlidern sitzt. Eine Zeit ohne Soldaten. Als wäre es möglich, dass Tränen die Wangen hinauffließen und verschwinden. Als könnte man je wieder ein Kind sein, die Hand in Vaters *simêl* (*simêl, Felek? / Bart. Bart hier.* Und sie streicht sich mit dem Mittelfinger über die Oberlippe, ein sichelförmiger Bart.)

Rückwärts werden die kurdischen Wörter deutsche im Mund des Dolmetschers. Sie werden Notizen auf dem Blatt, das die Richterin vor sich hat. Sie werden ein Nicken. Ein Stempel. Eine Unterschrift. Ein Urteil. Ein vorläufiger Aufenthalt. Sie werden ein fälschungssicherer Personalausweis, kunststofflaminiert, Din A7. 10 Mark Bearbeitungsgebühr.

Das Zimmer mit dem Teppichboden und der Frau in der schwarzen Robe ist Deutschland.

Dort begann ich, Deutschland zu lieben, sagt Felek zu mir. Und ich wage nicht, ihr zu sagen, dass diese Liebe einseitig sein könnte. Und vielleicht stimmt das ja auch nicht.

In den Bäumen hängen im Winter Misteln.

Sie sehen aus wie grüne Monde (vor Himmeln mit Sprüngen). Oder wie die Bälle aus Tüll auf den Köpfen der kleinen Mädchen an den Festtagen.

Halt still, Kätzchen. Du willst doch schön sein! (Babulya, früher)

Aber das sieht aus wie ein Badeschwamm, Babulya. Die anderen lachen.

Lass sie lachen, die Hiesigen, meine Kleine. Denk daran: Du trägst den Mond auf dem Kopf.

Aber der Mond ist doch nicht rosa!

In Sibirien war er es.

Sibirien, Sibirien. Wir sind jetzt hier, Babulya!

Wir sind es und wir sind es nicht, mein Kätzchen.

Der Schnee fällt durch die Lücke zwischen unseren Häusern

Der Schnee fällt in unseren Wald

Und wir wissen nicht mehr, wo die Häuser aufhören und wo der Wald beginnt

Er fällt durch die Metallstangen des Wäscheständers auf meinen Balkon

Durch den neunlöchrigen Löffel, den die Frau mit dem roten Kopftuch in den Wind hält

Ich sehe sie um unser Haus gehen. Das Kopftuch nur noch verwaschen rot im Nebel der winzigen Flocken. Und ich weiß, dass sie betet.

Meine Klingelschilder, erbarmt euch.
Meine Briefkästen, Fenster, meine Tiefgaragen, mein Spielplatz, erbarme dich.
Meine Rosen im Schnee, meine Krähen im Wind,
meine Bierkästen auf den Balkonen – erbarmt euch.
Mein Himmel, mein Wald, mein Haus.

Erbarme dich. Erbarme dich. Erbarme dich.
Erbarme dich, mein Beton und meine Erde.
Erbarme dich über uns.

Die Heizung rauscht, ein Kind hört auf zu weinen. Die Müdigkeit auf meinen Augenlidern wird weniger. Aber vielleicht liegt das auch am Kaffee.

Ihr wart schon seit Tagen nicht draußen, Babulya. Wollen wir nicht?

Was soll ich draußen, mein Kätzchen? Es ist kalt.

Ein bisschen frische Luft. Wenigstens auf den Balkon.

Und ich setze Babulya die Mohairmütze auf und lege die Steppdecke um ihre Schultern, weil ich es ihr ersparen will, in Mantelärmel zu schlüpfen, steif wie ihre Gelenke sind.

Trage den Sessel auf den Balkon.

Nur fünf Minuten, Babulya.

Und da sitzt sie nun im Schneewind, die Augen geschlossen, und lächelt.

Ich wusste doch, dass Euch das gefällt.

Ja, meine Kleine, du wusstest es.

Der Schnee bleibt auf Babulyas Mütze liegen, auf der Steppdecke, auf ihren Händen im Schoß, auf meinen auf ihren Schultern. Auf den umgedrehten Töpfen und Kübeln, in denen im Sommer all das Gemüse wächst, das Babulya anbaut. Der Schnee tanzt auf dem glatten Betonboden des

Balkons. Und vielleicht werden wir einschneien, für immer in diesem Moment sein, den Geruch von ganz klarer Luft in der Nase. Hinter uns das Haus, unter uns Wiese und Parkplatz, vor uns, über uns die Krähen, die gebogenen Linien ihres Fluges, schwarz vor dem weißen Schneehimmel. Eine geheime Schrift in der Luft.

Wollt Ihr Tee, Babulya?, frage ich.

Und natürlich will sie Tee. Ich koche welchen, rühre Marmelade hinein, erschrecke plötzlich, haste zum Balkon, weil ich nicht sicher bin: Wird sie noch da sein, oder ist sie fort? (*Nanush, du musst damit aufhören.* (Vitali, später) / *Womit?* (Ich) / *Zu denken, sie könne fliegen.* / *Sie kann es.* / *Nanush!* / *Du glaubst mir nicht.* / *Nanush, sie ist keine –* / *Doch, ist sie.* usw. usf.)

Aber sie ist noch da, hat immer noch die Augen geschlossen. Sieht aus, als horchte sie hinaus in die Welt.

Babulya, Euer Tee.

Danke, mein Kätzchen.

Dann ist es so kalt, dass es nicht einmal mehr schneit. Alles friert ein: das Benzin in den Autotanks, das Wasser in der Küche, nur das Leben nicht.

Die Schwäne sind aus Schnee geboren, sagt Babulya. *Ihr Gefieder Eisblumen, ihr Flaum Flocken. Sie fliegen nach Norden.*

Wirklich nach Norden, Babulya?

Ja, meine Kleine. Dorthin, wo die Sterne wohnen und die Nacht.

Es ist so kalt, dass sich winzige Eiskristalle in meine

Ohren, meine Haare setzen. Der Wind treibt mir die Tränen in die Augen. Sie hinterlassen eine Salzkruste in meinem Gesicht wie die Reste eines Eismeeres.

Babulyas Geschichte verweht unter all dem Schnee. Sie verweht in der Nacht und dem Lied, das sie mir singt oder das ich ihr singe, ich weiß es oft nicht. Ein Lied von den Schwänen, sie fliegen nach Norden und bringen von dort den Frühling mit. Und dann schlafen wir ein.

In diesem Winter können wir morgens nicht aus den Fenstern sehen, so dicht sind sie bewachsen von Eisblumen. Sie blühen auf den Simsen der Balkone. Die Betonwände hinauf. Auf den Straßen, Trottoirs, den Außenspiegeln der Autos, ihren Dächern: Schafgarbe, Hirtentäschel, Bocksklee, Birkenschößling, Anemone, Blaustern aus purem Eis.

Die Wasserleitungen frieren ein. Wir tauen sie mit meinem Fön und dem Glätteisen auf, das Nelli mir einmal geschenkt hat und das ich nie benutze. Auf dem Herd erhitzen wir Wasser, aber kaum hat es gekocht, wird es auch schon wieder kalt und gefriert zu lauter Kristallen.

Auf dem Meer wuchsen im Winter Blumen wie diese, sagt Babulya. *Ich wollte sie für deinen Urgroßvater pflücken. Sie waren blau und rosa. Sie leuchteten wie der Mond. Sie stachen in meine Finger, bis ich blutete.*

Während sie spricht, gefriert ihr Atem, und jedes Wort wird Blüte und Zweig aus Eis. Die Sätze ganze Pflanzen. Wir stellen sie in leere Dosen und Töpfe, je nach Größe, und die auf den Couchtisch. Dort wachsen sie weiter. Als könnte auch das, was Babulya verschweigt, zu Eis werden, zu Blume, Kristall. Uns in die Finger stechen, bis wir bluten.

Ich träume von Tieren.

Das liegt daran, dass bald Weihnachten ist, sagt Babulya.

Was hat das mit Weihnachten zu tun?, frage ich.

Weißt du nicht mehr?, sagt Vitali. *Ochs. Esel. Schafe.*

Früher waren Vitali und ich Tiere beim Krippenspiel. Später Engel und Hirte.

Es ist gut, von Tieren zu träumen, mein Kätzchen, sagt Babulya. *Tiere bedeuten Gutes. Wärme. Milch. Fleisch. Tiere bedeuten, dass wir bald zu Hause sind.*

Aber wir sind längst zu Hause, Babulya.

Das sagst du so, meine Kleine. Tags. Aber nachts träumst du von Tieren. Waren auch Pferde dabei?

Und ja, jetzt, wo Babulya es sagt, weiß ich es wieder: Es waren auch Pferde in meinem Traum. Mit struppigen Mähnen und schweren Hufen. Pferde, die etwas wie einen Schlitten durch einen Wald zogen. Darauf lagen Baumstämme. Pferde, die einen Pflug zogen. Er riss die Erde auf. Pferde.

Das Ende des Jahres ist weiß. Wie die Milch im Topf auf Babulyas Herd. Ganz kurz, bevor sie überkocht.

Dann schmilzt der Schnee, und Weihnachten ist wie ein Frühling. Wir tragen unsere Mäntel und Mützen nur aus Gewohnheit. Eigentlich brauchen wir sie nicht. Die Fichten in unserem Wald haben Knospen, hellgrün und weich wie die Badegummitiere, die es unten in der Stadt zu kaufen gibt. Die Rehe kommen ganz nah an unser Haus, aber diesmal fürchten wir uns nicht. Wir gehen ihnen entgegen. Sie schauen uns an mit ihren Augen aus Samt. Lange und ernst. Bis wir den Kopf senken.

Ist Mome ein Reh, Babulya? (Ich, früher)

Das ist sie. Das weißt du doch, meine Kleine.

Warum ist sie fortgegangen?

Sie konnte nicht anders.

Hat sie Urgroßvater gesucht? Und Großmoder?

Ja. Das hat sie wohl.

Hat sie sie gefunden?

Ich hoffe es, mein Kätzchen.

Aber warum ist sie dann nicht mit ihnen zurückgekommen? Zu Euch, Babulya? Und zu mir.

Es gibt keine Einreisegenehmigungen für Rehe und Bären nach Deutschland.

Aber sie könnten bei uns wohnen, Babulya! Schaut, wir legen eine Matratze neben Euer und mein Bett. Mome kann aus meiner Cornflakesschüssel trinken. Und für Urgroßvater können wir getrockneten Fisch kaufen. Und Großmoder kann in der Stadt wohnen, wenn sie möchte.

Ach, Kätzchen. Ja. So machen wir es. Wenn sie uns gefunden haben.

Was Babulya nicht sagte und bis heute nicht sagt: Dass sie uns nicht finden werden. Vielleicht weil sie uns nicht suchen. Vielleicht aber auch weil wir sie überhaupt nicht verloren haben. Das Haus verliert nichts. So sagt man. Und die Seelen auch nicht. Die Liebe geht nicht verloren. Nie. Und wenn, dann hinterlässt sie eine Lücke in Form eines Bären in Form eines wilden wilden wilden Rehs. In Form einer Frau, von der ich nur weiß, dass ihre Augen dunkel sind und ihr Haar hell. Und das ist besser als nichts.

Habt Ihr den Mantel aus Zobel mitgenommen damals? Habt Ihr ihn noch? Babulya? (Ich, früher)

Er liegt in der Kiste. Im Keller. Bei den Tassen. Weißt du nicht mehr? Als du klein warst, haben wir ihn auf den Boden gelegt und dich darauf.

Kann ich ihn haben?

Wofür, Kätzchen? Die Hiesigen lieben Pelz nicht. Sie denken dabei an Blut. In Deutschland haben sie die Tiere lieber als Menschen. Er ist auch viel zu warm. Und schwer ist er. Sehr schwer.

Kann ich ihn haben?

Er hat längst Löcher. Die Motten.

Kann ich ihn haben, Babulya? Oh bitte! Gebt Ihr ihn mir? Für den Wald.

Ja, nimm ihn, Kätzchen. Nimm ihn. Deine Babulya braucht ihn nicht mehr. Vielleicht noch am Friedhof. Dass ich weicher liege.

Ihr werdet nicht sterben. Babulya! Redet nicht so!

Doch, meine Kleine, das werde ich. Jetzt nimm den Schlüssel. Hol den Mantel. Du hast recht. Er ist gemacht für den Wald. Hast du eine Pistole?

Wozu?

Es hat Bären dort draußen. Wölfe. Vitali. Sag ihm, er soll dir eine Pistole …

Babulya, wir sind nicht mehr in Sibirien. In Deutschland gibt es keine Bären.

Du bist jung, Kätzchen. Du weißt es nicht besser. In jedem Wald hat es Bären. Vergiss den Wodka nicht gegen den Frost. Den Speck. Lilli soll dir …

Babulya!

In jedem Wald, mein Kätzchen. In jedem.

Unser Haus ist nicht nur eine Araukarie, es ist auch ein großes Tier. Fleischfressende Pflanze. Pflanzenfressendes Tier.

Was nun, Nanush? Das wird hier unübersichtlich. (Vitali)

Lass mich. (Ich)

Mal fliegt es, mal hat es Wurzeln, jetzt auch noch Hunger.

Lass mich.

Das Haus ernährt sich von allem, was wir hineinschleppen: Kartoffeln, Einbauschränke, Bierkästen, Barbies, Skinnyjeans, Kittelschürzen aus Polyester (Oma Elsa trägt sie fast immer, Babulya an schlechten Tagen und an denen, an denen geputzt wird). Das Haus ernährt sich von den Haaren, die von unseren Köpfen auf den Boden fallen: lange blondierte Haare, kurze schwarze, borstige rote, graue. Es verschlingt Werbeprospekte, Computer und Bibeln gleichermaßen. Unser Haus macht keine Unterschiede.

Und irgendwann scheidet es alles wieder aus – säuberlich getrennt in Papier-, Plastik-, Bio-, Restmüll, Sperrmüll.

Irgendwann wird es auch uns ausscheiden, das weiß ich: Valentina, Vitali, den Hund, mich. Und zuerst Babulya.

Nur mid de Fieß voraus, ned anderscht, sagt Oma Elsa. Und natürlich nicke ich. Mit einem kleinen Schlüssel wird Herr Rappard die hintere Wand des Aufzugs öffnen, damit der Sarg hineinpasst. Oder auch nicht. Weil Babulya ja so klein ist und immer kleiner wird. So klein, dass auch ihr Sarg klein sein kann. Ich werde neben dem Sarg im Aufzug stehen, meine Hand an der Stelle, an der innen Babulyas Hände sind, die ich ineinandergelegt haben werde, vielleicht das Liederbuch daruntergeschoben. *Aber Kijnd,* wird Oma Elsa sagen, *aus wejlchem Bichl wiellscht du denn jetzat singe?* Und ich werde es nicht wagen, ihr zu sagen, dass mit Babulya auch die Lieder im Leichenwagen fortgefahren werden, nur kleine Echos noch in meinem Kopf.

Das Haus wird uns also ausscheiden. Aber noch verdaut es uns. Und ich trage Mülltüte um Mülltüte zum Müllschlucker, zu den Papiertonnen, zum Altglascontainer. All die Windeln, die Babulya jetzt braucht, und die Verpackungen der Putzmittel, die ich brauche, um den Herd von Eingebranntem zu befreien. Vitali und ich installieren eine Zeitschaltuhr, so dass der Herd keinen Strom hat, wenn ich tagsüber arbeite, und hoffen, dass Babulya uns nicht durchschaut.

Was macht ihr da, Kätzchen?

Nichts, Babulya, nichts.

W*ovor hast du Angst, Nanush? Dass sie stirbt?* (Vitali neben mir auf Babulyas Balkon.)

Und ich nicht da bin.

Du bist dauernd da, Nanush. Wann warst du fort in den letzten Monaten?

Ich arbeite, Vitali!

(Wir schweigen)

Warum haben wir nie richtig gefragt?

Wonach?

Sibirien, der Krieg, die Trud.

Sie haben doch dauernd davon gesprochen. Was hätten wir fragen sollen?

Ich weiß nicht, wie der Tag war in der Trud, wie die Nacht.

Und ich höre Babulya sagen: *Wie sollen sie gewesen sein, mein Kätzchen? Hell die Tage, dunkel die Nächte, wie überall. Der Mensch gewöhnt sich.* – Aber Babulya ist nicht da, sie schläft, wie fast immer jetzt. Und um mich nur der Wind – zwischen Vitali und mir auf den Balkonstühlen und der Betonwand des Hauses, der offenstehenden Glastür. Ein flüsternder Wind. Ich will so gern hören, was er sagt, aber er ist zu leise oder meine Ohren zu schlecht. Ostwind.

Der Mensch gewöhnt sich.

Wie kommst du jetzt darauf, Nanush?

Haben Babulya und Valentina sich je an das Jetzt gewöhnt?

Natürlich, Nanush. Alles, was sie brauchen, ist hier.

Manchmal redet sie von früher, Vitali. Von ihrer Mutter und Großmutter. Bären. Dem Himmel.

Das hat sie doch immer, Nanush. Birken, Bären, Schwäne, Sterne.

Es ist anders.

Wie anders?

Ich kann es nicht erklären.

Und das kann ich wirklich nicht. Es ist anders und ist doch gleich. Vielleicht so, wie es war, als ich klein war und Babulyas Geschichten so nah, dass ich glaubte, ich müsste nur ein paar Stockwerke mit dem Aufzug fahren, eine mir bis dahin unbekannte Wohnungstür öffnen und dahinter wüchsen Birken, lebten Bären. Und während ich einen Schluck Bier aus der Flasche trinke, die ich mir mit Vitali teile, meine ich zu hören, dass Babulya diese Tür aufschließt, aber natürlich ist das nicht wahr.

Oder es ist wahr, und Babulya ist dort bei den Birken, dem Braunbär, den Schwänen, während ich arbeiten bin, während ich in meiner Wohnung bin, Besuch habe. Sie schließt die Tür auf und geht hinein. Ein uralter weiblicher Captain Picard mit einem dünnen Zopf aus weißen Haaren. Unsere Erinnerungen sind Holodecks.

Nanush, warum »unsere«? Du hast keine Erinnerungen an damals.

Und natürlich hat Vitali recht. Aber das Holodeck Sibirien ist in meinem Kopf. Und das Holodeck Babulyas Küche wird in meinem Kopf sein, wenn es diese Küche längst nicht mehr gibt. Nur noch das Glas mit eingelegten Tomaten und den Löffel mit den neun Löchern. Diese beiden wird es immer geben. Und meine Sehnsucht danach, zaubern zu können, durch die Zeit zu reisen, unsichtbar zu sein.

Vielleicht musst du in die Lehre gehen, Nanush. Bei der Frau mit dem roten Kopftuch. Bushaltestellen sind eh die besseren Schulen. Wir haben dir das immer gesagt. Gregorij. Ich …

Ja, vielleicht muss ich das.

Obwohl ich dich lieber sichtbar hab, Nanushkinia.

VI FRÜHLING

Julia, Baccara, Bianca, Romana, Tiffany, Denise, Dr. Norden.

Fieber der Sehnsucht. Lodernde Leidenschaft. Wild wie deine Zärtlichkeit. Heißer als die Glut. Und dann war es Liebe. Zärtliche Stunden an der Adria. Das erste Mal ist für immer. Ein Wiedersehen mit dem ruchlosen Duke.

Zum Frühling gehört die Liebe. Und mindestens ebenso wie Plastik lieben wir Liebesromane. Dünne Hefte, gedruckt auf billigem grauem Papier. Ich bringe sie stapelweise von der Arbeit mit. Sie kosten zwischen 2 und 5 Euro. Zuerst liest sie Babulya (oder sie las sie). Sie gibt oder gab sie weiter an Oma Elsa. Die gibt sie Olga. Dann Lilli. Valentina. Lydia. Erika. Hilda. Jewgena. Zuletzt an Nelli (als sie noch da war), die den Kopf schüttelte und sie zurückgab an mich.

Unsere Welt ist im Frühling voller kleingedruckter Buchstaben in zwei Spalten. Voller Krankenschwestern, Piraten, depressiver Grafen, die durch die Liebe eines Zimmermädchens gerettet werden (das sich dann ebenfalls als adelig herausstellt und am Ende: tausend Küsse).

Wir lesen liegend auf Sofas, sitzend in Sesseln, im Bett, auf dem Klo, am Küchentisch. Wir trinken dabei Tee, streicheln den Hund, warten, dass das Nudelwasser kocht. Die Buchstaben füllen nach und nach die Wohnungen. Dr. Norden misst uns den Blutdruck. Die Vorhänge sehen aus wie in Versailles (der Aufenthaltsort des ruchlosen Duke).

Schauen wir auf und aus dem Fenster, dann ist der Himmel rosa. Auf unsere Gesichter fällt das Licht und macht sie weich und schön wie die auf den Titelblättern der Hefte.

Wir stellen Kate, Tate, Dr. Valentino, der schönen Witwe, dem im tiefsten Herzen doch guten Duke und allen anderen

Wodka, Tee, Zigaretten, Milch, Speck und kalt gewordenes Schaschlik auf den Tisch. Dann gehen wir schlafen. Wenn wir aufwachen, ist der Wodka getrunken, der Speck angebissen, auf den Teegläsern sind Reste von Lippenstift, und die Milch ist verschüttet: leuchtende Sterntropfen auf dem abwischbaren schwarzen Set. Kate aber ist auf einem weißen Pferd davongeritten, weiß wie ihr Krankenschwesternhäubchen und wie die Wolken vor dem Fenster, durch das sie hinausgaloppierte – Richtung Morgensonne. Der Himmel wird heller und heller, während Dr. Norden sich an seine Arbeit macht (Senioren den Blutdruck messen und Rezepte schreiben) und der Duke mit dem Fuchs und den Krähen im Wald verschwindet.

Nanush, diese Dinge denkst du dir aus. Du liest zu viel! (Vitali, wer sonst)

Heller und heller, während Babulya das Wasser für den Kaffee aufsetzt (heute kann sie es wieder, es ist jeden Tag anders) und ich den Zobelmantel und die bequemen Schuhe anziehe und arbeiten gehe.

Miejr hen gedenkt, du wirscht eijn Professr, Nanushkinia. Jetzt bijscht an der Kasse vom Real. Aber wejnnst nur gliecklich tuscht sei. (Oma Elsa)

Aber bist du denn glücklich, Nanush? (Vitali, später)

Und tatsächlich bin ich es manchmal. Wenn ich die Butterpäckchen, die Milchkartons, das eingeschweißte Hackfleisch, die Zwiebeln im Netz und das rosa Barbiekleid über den Scanner ziehe. So schnell, dass die Butter eine kleine Pirouette dreht, so schnell, dass meine Hände keine Hände mehr, sondern Tänzerinnen sind, keine Tänzerinnen, sondern ein Tanz. Ihr Orchester sind das Piepen des Scanners und das Scheppern des Kleingelds und das Summen des Kästchens, aus dem der Kassenbon kommt. Meine eigene Stimme, die sagt *Das war ja mit Payback.* Oder: *ohne.*

Mein Herz schlägt ruhig und warm, weil ich weiß, wer Punkte sammelt und wer nicht und wer sich freut, dass ich es weiß. Weil ich nicht weiß, aber ahne, warum diese Piccoloflasche Rotkäppchensekt »Süß« jetzt auf dem Band liegt, warum später nur eine Dose Tomaten, obwohl es früher drei waren. Weil ich die Namen von so vielen kenne und ich abends zehn Päckchen abgelaufenen Räucherlachs mitnehmen werde, was ich nicht wirklich darf, aber wir machen es alle. Weil Felek bestimmt Brot gebacken hat und Babulya die Butter gesalzen und Vitali das Glas mit den Dillgurken gegeben hat, damit er es öffnet. Und wir um den Tisch in Babulyas Küche sitzen und den Lachs und das Brot und die Butter und die Dillgurken essen werden.

Glücklich bin ich, weil ich sehe, wie klar Babulyas Blick ist an diesem Abend. Wie sie lacht über Oma Elsas Grimassen, die versucht, Lachsfasern aus den Stellen zwischen den Zähnen zu ziehen. Glücklich, weil ich sehe, dass Felek ihre Haare offen hat und ihre goldenen Ohrringe an. Weil ich für einen Moment meinen Kopf auf Vitalis Schulter lege und meine Augen schließe und alles gut ist.

Und wahrscheinlich hätte ich das andere, das mit der Universität, sowieso nicht gekonnt.

Natürlich hättest du. (Vitali)

Und ich schweige, weil er vielleicht recht hat. Oder ich schweige, weil er nicht recht hat. Oder beides.

D*u hattest ein Taschentuch, Kätzchen. Weißt du noch?*

Und natürlich weiß ich es noch. Oder: Ich weiß, dass ich es einmal wusste. Oder: Ich weiß, dass es mir erzählt wurde. Als Kind habe ich ein Taschentuch gehabt, an dem ich mich festhielt. So habe ich Laufen gelernt. Erst an Babulyas Hand. Dann an dem Taschentuch zwischen Babulyas Hand und meiner. Dann nur noch mit dem Taschentuch in der Hand. Es war Türkis mit einer gelben Sonne mit lachendem Gesicht darauf.

Du hendst nur mid dem Diechle gloffe. Wejn du es laujsgelasset hascht, bijst du hingfalle. So kleijn warscht du. Und heijt so grauß. (Oma Elsa. Natürlich.)

Und heijt so grauß. Und doch halte ich mich immer noch fest an einem Taschentuch. An der Idee, dass etwas mich festhält. Uns alle. Und das Haus und den Wald. So dass wir nicht in die Leere des Universums stürzen. In den Schlund aus Schwärze und Zementstaub. Vielleicht genügt es immer noch, sich einfach auszudenken, dass am anderen Zipfel des Taschentuchs Babulyas Hand ist. Es sich möglichst genau vorzustellen. Vielleicht reicht das.

Den Bäumen ist es gleich, wo sie blühen. Ob bei uns zwischen den Müllsäcken, Hochhäusern, dem Sperrmüll und der Geschichte des Mannes, der wie ein wildes Tier geworden war und dessen Familie ihn an eine Heizung gekettet hatte.

Oder drüben in den anderen Stadtteilen mit den Vorgärten und Carports.

Die Bäume blühen einfach. Ihr Duft fällt schon morgens durch das gekippte Fenster in Babulyas kleine Küche, in die von Felek zwei Stockwerke darunter, in meine und in die von allen anderen.

Er mischt sich mit dem Geruch von Kaffee.

Babulyas Kaffee aus Instantpulver (ich hoffe nur, sie verbrüht sich nicht die Hand, zittrig wie sie ist, ich hoffe nur, die Zeitschaltuhr schaltet den Herd ab, ich –) und Lillis aus dem neuen Kaffeevollautomaten.

Ich mache mir Mokka in dem Cezve mit dem roten Stiel, den Felek mir geschenkt hat. Er kocht über, und das Kaffeepulver verglüht auf der heißen Herdplatte – Blüten aus Feuer. Dann schenke ich ihn in die Tasse mit dem Sprung und trinke ihn im Stehen auf dem Balkon. Lehne mich gegen die von der Frühlingssonne wärmer werdende Betonwand. Das Blühen der Bäume, ihr Duft ein Kleid, eine Krone – unsichtbar auf den Köpfen all der Frauen im Haus, die in diesem Moment Kaffee kochen. Ein Leuchten auch noch durch ungeputzte Fenster. So einfach wie der Frühling einfach ist und das kleine Einmaleins.

Es war Frühling, meine Kleine. Ein Frühling, in dem die Blumen schon blühten, als wäre Sommer.

Wann war das, Babulya?

Damals. Als ich aus dem Zug stieg. Friedland.

Was hattet Ihr dabei?

Dich.

Was noch?

Einen Koffer.

Was war drin? Babulya!

Kleider. Ein Kissen für die Reise. Der Stern aus grünem Plastik. Der Brief deines Urgroßvaters.

Der in Eurer Bibel liegt?

Ja.

Die Bibel auch?

Ja. Die auch. Und Töpfe.

Töpfe? Dachtet Ihr, es gebe keine Töpfe in Deutschland?

Nicht solche wie die in Sibirien.

Aber Ihr hattet doch gar keine Küche.

Zuerst nicht. Oh, das war ein Frühling, meine Kleine. Die Sonne: so warm. Der Bahnhof: so sauber. Das Lager auch. Und im Laden gab es alles. Gregorij rief: Da ist Fleisch! Wir müssen alles kaufen! Er war ein Kind.

Warum wollte Gregorij alles Fleisch?

Er dachte, es wäre wie in Russland. Dass am nächsten Tag nichts mehr da ist. Wir sind jeden Tag in den Laden gegangen. Und immer waren alle Regale voll. Es war wie Zauberei, mein Kätzchen.

Babulya hatte den einen Koffer. Lilli noch weniger Gepäck, als erlaubt war. Oma Elsa hatte noch eine Kiste. Gezimmert aus rohen Brettern.

So ganz graub, Nanushka. Ich hab mir ejn Spreißel ejngezoge. / Wie groß war sie? / Wie ejn Tiefkiehltruh.

Darauf mit schwarzer Farbe geschrieben: BRD. Friedland. Grenzdurchgangslager.

Die Kisten kamen mit extra Waggons.

Wie habt Ihr Eure wiedergefunden?

Mir hatte ejn Zettel natierlich. Man dierfte sie erscht hole, wenn man ejn Wohnung hed.

Später waren die Kisten verboten. Nur noch Handgepäck erlaubt.

In den Kisten sind gewesen:

Pfannen

Fotoalben

Regale

Klaviere

Heiligenfiguren

In Handtücher eingepackte Zeugnisse (von denen, die nicht legal gekommen sind und sie deshalb nicht mitnehmen konnten). (*Aber ijn Deitschland wollt niemand onsre Zeijgniss. Denk af Olga. War eijn Inschenerin. Jetzad tut sej putze.*)

Spielzeugautos

Geschirr

Sessel

Wäscheständer

1 Grabstein

Friedland ist eine Reise. Ein Bahnhof, Gleise, Felder. Kein Ort. Friedland ist ein angehaltener Film. Ein Standbild mit bunten Kopftüchern, Koffern, Taschen, Kinderwägen, einander in die Arme fallende Liebende, Schlange stehen in der Sonne. Durchgangslager. Warteraum. Zwischen Trottoir und Straße wächst Gras. Eine Blume auf dem Felde. Geht der Wind darüber, ist sie nicht mehr da. (*Wie lang wart Ihr dort, Babulya? / Zehn Tage, meine Kleine. Wir konnten ja zu Onkel Wladi.*)

Auf der anderen Seite der Straße: Häuser. Mit Gärten ringsum. Ein Schneewittchen im Rosenbeet. Eine Deutschlandfahne neben einem Maulwurf in Latzhose. Etwas an den Dächern der Häuser sagt, dass die darin auch nicht schon immer da waren. Die Dächer sind ein klein wenig zu spitz. Die Gärten ein klein wenig zu ordentlich. Der Zaun etwas zu verschnörkelt.

Auf der anderen: die Kirche. (*So eine Kirche hatte ich nie gesehen, meine Kleine. Aus Backstein! Und kaum ein Gold. Mehr wie unser Haus jetzt.*)

Drinnen: eine bunt bemalte Maria mit Kind auf dem Arm. Links und rechts an die Wand geschraubt: kleine Engel, erstarrt im Flug.

Hinter meinen Lidern: Babulya mit mir auf dem Arm. Ihr brauner Rock. Ihr Kopftuch mit dem Blumenmuster, der kleinen goldenen Kante. Ein Standbild auch das. Bis der Film wieder anspringt. Eine Reise. Kein Ort.

An all das denke ich, den Rücken an der warmen Betonwand. Dieses Wort: Friedland. Denke den ganzen Tag daran. Im Aufzug, unten auf der Straße. An der Bushaltestelle. Vor unserm Haus: Sperrmüll. Dazwischen ein leerer Rahmen. Blau mit kleinen goldenen Sternen darauf – wie die Himmel auf den Bildern mit der Jungfrau Maria. Jacquie, Mirna, Dima halten sich den Rahmen vors Gesicht. Sind für einen Moment Heilige. Ihre Insignien nicht Lilien oder Schlüssel, sondern Tüten mit Sonnenblumenkernen, Coffee-to-go-Becher, kleine Dinosaurier aus Plastik und Lipgloss Cherry-Blossom.

DINGE, DIE WIR VERGESSEN HABEN:
Den Geruch von Getreidefeldern in der Sonne
Barfuß auf staubigen Feldwegen zu gehen
Schwärme von Schmetterlingen auf den im Gras liegenden Äpfeln
Eine winzige fliegende gelbe Spinne, die sich in Babulyas Haar verfing, sich dann auf ihr Kopftuch rettete
Der Moment, wenn wir uns bei der Kartoffelernte aufrichteten
Wie viele Sterne es gibt
Dass der Salat Wurzeln hat wie eine Blume
Zu flüstern, wenn wir Deutsch sprechen

G*estern hat sie von Bären erzählt.* (Ich zu Vitali. Über Babulya)

Das hat sie doch früher schon.

Nicht so, Viti. Früher waren es Geschichten. Jetzt kann sie sie sehen.

Dann ist es wohl so.

Aber –

Ich weiß natürlich, dass Vitali recht hat. Auch wenn ich will, dass es nicht so ist. Je älter und kleiner Babulya wird (gekrümmter Rücken, arthritische Hände, schiefe Zehen, der weiße Zopf immer dünner), desto größer werden die Bilder in ihrem Kopf. So groß, dass sie nicht mehr hineinpassen. All die Bären, Füchse, Wolken. Die Sternbilder über dem zugefrorenen Meer. Das Dorf. Die Stadt. Der Ort ohne Namen (*Sie haben ihn fortgenommen, meine Kleine, und ich weiß nicht, wo sie ihn hingebracht haben*), das Rezept für eingelegte Tomaten. Alles alles rutscht an ihren Haarwurzeln vorbei nach außen und füllt die Küche die Wohnung das Haus. Wenn sie spazieren geht (jetzt auch mit einem Rollator wie Oma Elsa), gehen die Bilder mit.

Vielleicht hätte ich es wissen können. Vielleicht hatte es sich längst angekündigt. Vielleicht ist es aber auch über Nacht passiert. Babulya kann nicht mehr über den Rand der Badewanne steigen. Erst hat sie nur meine Hand zum Festhalten gebraucht. Dann meine Schultern, um die sie ihren knochigen Arm legte. Dann, Lilli zeigt es mir, sie hat es bei ihrer Ausbildung im Altenheim gelernt: meine Arme unter ihren Achseln. Hebelwirkung. Ihr Rücken gegen meinen Oberkörper gelehnt.

In der Badewanne steht ein Hocker aus gelblich gewordenem Plastik. Darauf setzt sie sich. Oder ich setze sie. Ihr Körper ein heller Fleck gegen die bräunlichen Fliesen. Ihre Haut so weich und nur am Rücken glatt. Die Wirbelsäule tritt hervor wie eine Gebirgskette. Oder wie die Reste eines Zackenkamms. Die Schulterblätter wie Flügel. Als wäre Babulya einmal ein Drache gewesen. Als wären wir alle Fabelwesen. Tiere, die in keinem Lexikon klassifiziert sind. Und je älter wir werden, desto mehr kann man es sehen.

Ich stelle das Wasser an, prüfe die Temperatur. Babulya beugt den Kopf nach unten, und ich lasse das Wasser über ihren Rücken laufen. Sie macht kleine wohlige Geräusche. Ich gebe ihr einen Waschlappen.

Für Eure Augen, sage ich. *Damit keine Seife hineinkommt.*

Ach Kätzchen, sagt sie.

Und natürlich mache ich das Wasser aus, während ich Babulyas lange dünne Haare einshampooniere, denn wir müssen sparen, findet Babulya.

Das Shampoo riecht nach Lavendel. Das Duschgel nach Rosen. Und ich verrate ihr nicht, dass es nicht von Real ist, sondern teurer war.

Mmmmmmmmm, macht Babulya. *Mmmmmmmmm, mein Kätzchen. Wie schön das ist.*

Und für einen Moment denke ich nicht an morgen, nicht an übermorgen. Nicht daran, dass es mir bald nicht mehr gelingen wird, sie allein über den Badewannenrand zu hieven. Dass ich Lilli werde um Hilfe bitten müssen. Oder Felek. Oder Vitali. Am liebsten Vitali. Aber das wird Babulya nicht gefallen. Für einen Moment denke ich nicht daran.

Dann wasche ich ihr die Haare aus. Sie macht ihren Rücken so gerade wie möglich, hebt ihre Brüste an, damit das warme Wasser auch dorthin kommt.

Lilli sagt, wir könnten eine Pflegestufe für Babulya bekommen. Aber ich möchte nicht.

Denk an das Geld, sagt Lilli. Aber ich möchte nicht.

Möchte nicht, dass eine vom Amt in Babulyas Wohnung kommt. Womöglich sieht, dass der Joghurt im Topf einen grüngrauen Schimmelrand hat. Dass sich an der rosa Satindecke überm Bett die Fransen lösen. Dass das Klo verstopft ist, weil Babulya versucht hat, ihre Windel hineinzuwerfen. Oder sonst irgendetwas, das passiert ist und ich nicht rechtzeitig bemerke.

Früher, sage ich zu Vitali, *früher war immer alles blitzblank bei Babulya. Weißt du noch?*

Wenn sie kochte, spülte sie zugleich, wischte die Arbeitsfläche sauber, kehrte den kleinen Schleier aus Mehl auf dem Boden zusammen. Die Gläser mit den eingelegten Gurken standen in Reih und Glied. Die Kissen auf dem Sofa waren in Paradestellung. Meine Schulhefte lagen auf einem Stapel wie mit dem Lineal abgemessen. Die Armaturen im Bad glänzten, und es roch dort immer ein wenig nach Essig, Tosca und Domestos.

Eine Ordnung der Tage. Der neuen alten, alten neuen Heimat. Ein Beweis unseres Deutschseins. Nur dass die

Hiesigen auf eine andere Art deutsch geworden waren im Laufe der Jahrhunderte, während wir am Schwarzen Meer und im Kaukasus und in Sibirien gelebt hatten. Oder auch nur im Lauf der letzten Jahrzehnte, während wir Ausreiseantrag um Ausreiseantrag schrieben, während wir alles sowjetische Soll übererfüllten und versuchten, nicht aufzufallen – währenddessen hatten die Hiesigen aufgehört zu bügeln, hatten Politiker in Turnschuhen gewählt und ungepflegte Gärten zu Paradiesen für Hummeln und Eichhörnchen erklärt.

Aber wo war ich?

Ach ja: *Denk an das Geld*, sagte Lilli. *Sie bekommt vielleicht Stufe 2, wenn du sie reden lässt.*

Aber ich möchte nicht, dass eine fremde Frau vom Amt merkt, dass Babulya denkt, sie sei noch in Sibirien.

Der Herr hat gewählt?

Oder: Wir haben gewählt? Haben wir jemals irgendetwas gewählt?

Ja. Wir haben gewählt, nach Deutschland zu kommen. (Vitali)

Wir hatten keine Wahl. Was blieb uns übrig? (Ich)

Hat Vitali die Hauptschule gewählt? Und ich das Gymnasium?

Du hast immer mehr gewusst als ich, Nanush. Du hattest immer die besseren Noten.

Ich weiß nicht mehr als du. Ich weiß nicht einmal, ob ich je etwas gewählt habe.

Du bist doch die Einzige von uns, die immer wählen geht. Du wählst sogar noch den Bürgermeister im dritten Wahlgang.

Du weißt genau, dass ich das nicht meine.

Nanush. Babulya und Valentina haben Deutschland gewählt. Sie haben es gewollt.

Vitali hat recht. Sie haben die Anträge ausgefüllt. Jahr für Jahr. Jahr für Jahr. In ihnen ist beides: das Einwilligen und das Wählen, das Wollen. Die über die Liederbücher gebeugten Köpfe unter den durchsichtigen Kopftüchern. In dieser Bewegung all unser Sich-Beugen von Zarin Katharina bis jetzt. Und das andere: der Wille, dass wir es schaffen: den Acker anlegen, das Haus bauen, Stalin überleben, die Trud, Chruschtschow, die Perestroika. Der Wille, der in Helenes Bauchmuskeln sitzt, wenn sie sich singend am Trapez hochzieht. Und der, dass ich die besten Noten habe (Babulyas Wille) und dass Vitali sich nichts gefallen lässt (Valentinas Wille).

Unter Babulyas Bett wohnen mittlerweile die Bären. Sagt sie.

Aber wie passen sie da drunter, Babulya? Überlegt doch mal. So ein Bär ist doch viel zu groß.

Du glaubst mir nicht, Kätzchen.

Doch. Ich glaube Euch doch. Was machen die Bären?

Sie sind da.

Wollen sie Honig?

Das ist eine gute Idee, meine Kleine.

Und wir stellen ein Glas Honig unters Bett. Die Fransen der Satindecke reichen bis auf den Boden. Man sieht das Glas nicht. Und zum Glück kann ich Babulya auch davon überzeugen, dass die Bären den Deckel abschrauben können. Ein offenes Honigglas würde die Ameisen anziehen. Wie auch immer sie es bis in den 3. Stock schaffen. Aber sie tun es.

Mir reichen Bären, ich brauche nicht noch Ameisen, sage ich zu Vitali.

Mir reichen Bären. Ich brauche nicht noch Soldaten, denke ich. Ich brauche nicht noch Kohlengruben. Zementstaub. Hungernde Kinder. Tote Kinder. Ich brauche nicht noch Hitler, Stalin, Chruschtschow, Fascisti. Die blaue Partei. Babulyas Weinen, das kein Ende finden würde, das ahne ich.

Ich brauche Mome und ich brauche Großmoder, aber sie werden nicht kommen, und ich werde Babulya nicht fragen, ob sie sie auch gesehen hat.

Am besten, ich stelle noch mehr Honiggläser unter ihr Bett. Solange dort Bären sind, ist kein Platz für anderes.

Es ist ein Trost zu wissen, dass Babulya in ihrem Bett liegt und schläft, wie nur Kinder und Alte schlafen: tief und fest, ein moosbewachsener Stein am Grunde eines leeren feuchten Brunnens.

Ein Trost ist, dass sie mir gezeigt hat, wie man die Wareniki klebt, dass meine Hände es nicht vergessen werden.

Ein Trost sind die Krähen. Am meisten die eine, die vor uns auf dem Bürgersteig pickt, näherkommt und mich anschaut mit einem Auge. Die Glück bringt, obwohl es doch anders heißt. Mich anschaut, während ich neben der Frau mit dem roten Kopftuch sitze, während ich weine vor Erschöpfung oder Müdigkeit oder Alleinsein. Ein Moment des Verstehens. Schwarzgefiedertes glanzäugiges heiserkrächzendes Verstehen.

Ein Trost ist der Schatten unseres Hauses und überhaupt: dass es Häuser gibt, Aufzüge, Müllschlucker, Schrankwände, alles, was die Welt in einer zumindest zeitweisen Ordnung hält. Ein Trost ist Felek, die diese Ordnung erhält, wischt, staubsaugt, bügelt, das Altglas wegbringt, die Kissen in Reih und Glied auf die Sofas stellt. Jeden Tag in anderen Wohnungen, immer wieder von vorn. Eine Kriegerin gegen Staub, Dreck und Verzweiflung.

Man müsste die Putzfrauen bezahlen wie Vorstandsvorsitzende. Oder wie Diplomaten. Niemand weiß mehr über dieses Land als sie.

O*b er ihn mitfahren lässt?* (Babulya zu mir. An der Bushaltestelle.)

Wen denn, Babulya?

Na, den Bären, meine Kleine. Busfahrer mögen keine Bären. Aber dieser hier ist ja ganz zahm, siehst du?

Meint Ihr nicht, er sollte hierbleiben, Babulya?

Aber Kätzchen! Was redest du! Wir können ihn doch nicht hier las-

sen. Wir fahren doch nach Deutschland. Wir kommen nicht mehr zurück.

Aber Bären gehören nicht nach Deutschland, Babulya.

Dieser schon. Dieser ja. (Babulya senkt ihre Stimme, verschwörerisch zu mir:) *Er ist gar kein Bär, Kätzchen. Er ist dein Urgroßvater. Hat sich verwandelt in einen Bär und ist geflohen aus der Trud. So haben sie ihn nicht gefunden.*

Möchte er denn mit nach Deutschland, Babulya? Habt Ihr ihn schon gefragt?

Er möchte dort sein, wo ich bin. Und du, Kätzchen.

Dann nehmen wir ihn mit, Babulya.

Ja, meine Kleine, ja. (Babulya, die meine Hand nimmt. Ich, die ich ihr aufhelfe. Arm unter ihrer Achsel, Hebelwirkung. Wir, die wir in den Bus einsteigen. Dabei: einen Rollator und einen unsichtbaren Bären. Gut, dass der Bus nicht allzu voll ist. Er fährt zum Real und nach Deutschland.)

Wir sind nie im Treppenhaus. Schließlich gibt es den Aufzug. Und wir sind oft im Treppenhaus. Weit unten im Keller, wenn es heiß ist. Ein Stockwerk unter Babulyas Wohnung, wenn uns niemand finden soll. (*Weißt du noch, Nanush? Hier waren wir oft.*)

Ich sitze auf den Stufen zwischen dem 12. und dem 11. Stock und atme. Wie ich es gelernt habe in den YouTube-Tutorials gegen Angstattacken.

Wie viele Treppenstufen hat unser Haus, Babulya? (Ich. Früher. Als ich Babulya suchte und sie hier fand. Auf genau dieser Stufe. Vor dem Fenster im Zwischengeschoss nichts als ein sehr weißer Himmel.)

Mehr Stufen als deine Babulya zählen kann, meine Kleine.

Mehr als es Menschen gibt?

Vielleicht.

Mehr als es Bäume gibt?

Ich weiß es nicht, Kätzchen.

Gibt es viele Bäume?

Oh ja. Und Sterne.

Schneeflocken.

Eingelegte Silberzwiebeln, meine Kleine.

Buchstaben in der Zeitung.

Träume.

Bonbons.

Einmal ging ich übers Mohnfeld, mein Kätzchen. Einmal grüßten mich die Rehe. Die Kitze. Der Fuchs. Einmal legte ich mich in den Weizen. Einmal öffnete der Wald sich vor mir, und ich fand den Weg. Einmal wuchsen genug Pilze. Einmal wurde mein Haar Waldschaumkraut. Einmal lag die Buche umgefallen und leichenblass in einem Sarg aus Schafgarbe. Einmal sah ich den Hang in Scherben fallen. Einmal kehrte ich zurück und aß Kirschen.

Der Mohn verliert seine Blüten, meine Kleine, wenn du ihn pflückst. Aber sein Rot ist da. Schließ die Augen. Es ist da.

Ich stelle das Handy auf Flugmodus, halte mich daran fest und fliege davon.

Manchmal kommen Schwäne zu unserem Weiher. Niemand weiß woher. Sie sind einfach da. Obwohl der Weiher viel zu klein für sie ist und der Wald drum herum viel zu dicht.

Schwäne gehören auf den Anlagensee in der großen Stadt. Oder in die Geschichten, die Babulya erzählt. (Nur Babulya erzählt sie.)

Jedenfalls: Wenn die Schwäne da sind, obwohl sie gar nicht da sein können, schickt Vitali mir ein Foto von ihnen. Vom kleinen Steg aus, auf dem er mit Gregorij und den anderen abends sitzt, Shisha raucht, Bier trinkt, Musik von Ljube hört. (*Ljube? Dein Ernst? Sie sind best Friends von Putin.* (Ich) / *Ach komm, Nanush, sei doch nicht immer so streng. Du magst sie doch auch* (Vitali, der recht hat, aber das würde ich nicht zugeben, nicht einmal vor ihm))

Auf dem Foto leuchtet ein einzelner Schwan vor dem grünen Wasser und dem grünen Wald.

Als sei er aus Mondlicht gemacht oder aus Schmand oder aus dem Schnee, den der Wind bis vor die Fenster des kleinen Hauses in Sibirien wehte, sagt Babulya, als ich ihr das Foto zeige.

Und natürlich möchte sie dann zum Weiher. Ich schreibe Vitali, dass er uns entgegengehen muss. Babulya wird es nicht schaffen ohne seine Hilfe. Nicht auf dem letzten Stück, das so uneben ist, dass wir den Rollator stehen lassen müssen.

Vitali trägt sie auf diesem letzten Stück. Und ich trage den Rollator. Wir stellen ihn auf den kleinen Steg. Setzen Babulya auf seine Sitzfläche. Gregorij hat die Shisha und die leeren Flaschen beiseite geräumt, so dass Platz ist.

Die Schwäne sind noch da. Es sind zwei.

Babulya sitzt auf dem Rollator wie eine Zarin. Ihr Haar weiß wie ihr Gefieder.

Und bevor es passiert, weiß ich, dass es passieren wird.

Die Schwäne kommen näher. Auf dem grünen Wasser ziehen sie ein immer weiter werdendes Dreieck aus Linien hinter sich her. Sie kommen näher, sie spreizen ihre Flügel. Aber sie geben keinen Laut von sich. Gregorij und Vitali gehen einen Schritt zurück. Außerhalb von kitschigen Fotos sind Schwäne gefährliche Tiere. Babulya schaut nur. Und die Schwäne schauen sie an. Wind in der Weide. Wind in der Birke. Dann fliegen sie. Flügel wie Erzengel. Und ich greife nach Babulyas Hand, halte sie fest. Damit sie nicht mitfliegt.

Habt ihr noch Wodka?, frage ich Vitali. Und während ich trinke, weiß ich: Noch einmal Glück gehabt.

Ihr spinnt schon. Das wisst ihr?, sagt Gregorij. Und ich sage: *Ja.*

Dann bringen wir Babulya zurück zum Haus.

An diesem Abend kämme ich Babulyas Haare. Vorsichtig ziehe ich den Kamm hindurch, bis er auf Knoten stößt. Vogelnester. In kleinen Bewegungen treibe ich den Kamm vorwärts, wie sie es mir gezeigt hat. Kleine Seufzer, wenn ich ihr versehentlich weh tue. Sie riecht nach Tosca, das Oma Elsa ihr geschenkt hat, und nach den gedünsteten Gurken, deren Reste noch in der Küche stehen. Sie sind ihr angebrannt. Wieder. Ich kämme bis hinunter zu den Spitzen. Lege meine andere Hand auf ihren Vögelchenkopf.

Wann ist sie so klein geworden? Und wo ist das hingegangen, was sie früher war? Die Haare, die im Kamm zurückbleiben, lasse ich vom Balkon fliegen.

Dann helfe ich Babulya, die Zähne aus dem Mund zu nehmen. Lege sie im Bad in ein Glas mit einer Kukidenttablette. Sehe zu, wie Zähne und rosa Plastikgaumen hinter den sprudelnden weißen Bläschen verschwimmen. Helfe ihr, in die Windelhose zu steigen. Sie stützt sich dabei wie immer in letzter Zeit auf meine Schulter. Ihre Finger krallen sich in meine Muskeln, mein Fleisch, meine Knochen.

Ach Kätzchen, wie kann man nur so alt werden? (ihre Worte ohne Zähne undeutlich)

Und ich bringe sie zu ihrem Bett. Decke sie zu. Sitze im Dunkeln auf dem Boden, bis ihre Atemzüge gleichmäßig werden und sie schläft.

Träumt nur Schönes, Babulya!

Niemand hätte unser Haus schön genannt. Gräulich-gelb ist es, bedeckt mit Eternitplatten. So giftig, dass man sie von Spezialisten mit Gasmasken entfernen lassen müsste. So giftig, dass das viel zu teuer ist, weshalb die Platten in der Hoffnung auf eine andere Zeit da bleiben.

Niemand hätte unser Haus schön genannt. Niemand hätte eine Araukarie schön genannt. Ihre Äste sind eine stachlige Umarmung.

Manche von uns träumen von Reihen- oder gleich Einfamilienhäusern. Wenn auch nicht allzu weit entfernt.

Die meisten aber wollen nirgends anders wohnen als hier. Hier, wo wir alles kennen. Wo Babulyas Haar von aschblond zu grau zu weiß geworden ist. Wo Vitali und ich plötzlich erwachsen sind. (Oma Elsa: *Was biiest du grauß gworde, meijne Kleijne. Ist se ned grauß, Babulya? Sie wäächsd dijr ieber deijn Kopf.*)

Eine stachlige Umarmung ist unser Haus. Und streift man an ihm entlang, so bleiben Haare, Hautschuppen, Schweiß und Dreck an ihm hängen. Außen und innen. Und so sehr Valentina, Felek und die Rappards auch schrubben, es liegt immer ein wenig von uns selbst zwischen den Steinen des Waschbetons am Eingang, im Aufzug, im Treppenhaus, in den Ritzen zwischen Wand und Linoleum auf den Fluren. Etwas, was uns ausgefallen, von uns abgefallen ist. Kleine Tode, aus denen vielleicht wieder ein Leben wächst. Eine weitere Araukarienschuppe, ein Trieb, ein Zweig.

Die Frühlingsnächte sind warm und hell. Babulya schläft unter einem Bettbezug ohne Decke darin. Lilli und Valentina sitzen auf den Bänken hinter unserem Haus und trinken Prosecco aus der Dose. Vitali und Gregorij gehen zum Weiher im Wald. Oder zur Grillstelle beim Spielplatz.

Komm doch mit, Nanush.

Ich kann sie nicht allein lassen.

Nanush, du kannst sie nicht vor allem beschützen.

Ich weiß, dass Vitali recht hat. Natürlich weiß ich das. Aber ich will Babulya zumindest beschützen vor der Nacht, der Einsamkeit, dem Abgrund vor unseren Fenstern und dem ihrer Erinnerung.

Manchmal lasse ich sie doch allein. Das Babyfon, das ich gekauft habe, sendet bis hinunter zur Bushaltestelle. Ich nehme die eine Hälfte des Babyfons, zwei Dosen Bier und eine Packung Marlboro mit zur Frau mit dem roten Kopftuch.

Was redet ihr beide eigentlich, Nanush?, fragt Vitali mich.

Und ich weiß nicht, was ich antworten soll. Wir reden fast nichts, während wir nebeneinander auf der Bushaltestellenbank sitzen. Nichts außer: *Wollt Ihr noch eine Zigarette?* Oder: *War da was?* (Richtung Babyfon) Oder: *Ich halte es nicht mehr aus.*

Später weiß ich oft nicht mehr, wer von uns was gesagt hat. Wobei: Die Frau mit dem roten Kopftuch hält eigentlich alles aus. Schon immer. Deshalb werde ich das wohl gesagt haben.

Werde es gesagt haben, während der Mond so hell ist, dass unser Haus wirklich und wahrhaftig einen Schatten über uns wirft. Ein Schatten wie ein dunkles Tuch, in das das Haus uns hüllt. Das Tuch riecht nach Birkenharz und Wind und nach einem sehr freundlichen Schlaf.

Willst du noch eine Zigarette?, fragt die Frau mit dem roten Kopftuch und lächelt.

Und ich sage: *Nur noch eine. Dann muss ich wieder hoch.*

Die Zigarette im Mundwinkel, gibt sie mir Feuer, dann sich. Hält ihre zwischen Daumen und Zeigefinger. Inhaliert. Sagt: *Du kannst sie nicht festhalten. Ihr wachsen Flügel. Sie wird nach Norden fliegen. Nach Osten.*

Wann?, frage ich.

Bald.

In dieser Nacht, in der davor und in der danach träume ich, dass das Auge, das ich habe, auf meiner Brust sitzt. Auf Herzhöhe. Es sieht Blätter wie Fischschuppen. Wie Vogelgefieder. Wie Kinderfinger. Wie Wolkenfetzen. Früchte wie Sterne, goldene Kugeln. Sieht Salzgurken und Kugelfische. Sieht Äste.

Das Auge oder Herz oder wasauchimmer zieht mich näher zu allem, auch zur Einsamkeit.

Du wirst Babulya immer ähnlicher, Nanush. (Vitali zu mir. An einem der vielen Abende, an denen wir auf dem Balkon sitzen, Babulyas Schlaf hüten.)

Wie meinst du das? Was an mir?

Deine Worte, Gesten, alles.

Ach herrje. Ich weiß nicht, wie ich das finden soll.

Du wirst sie beerben, Nanush.

Da gibt's nix zu erben. Die paar Töpfe. Es war nie genug Geld da, um –

Nicht dieses Erbe. Das andere. Du wirst unser Haus werden.

»Unser Haus«, »Sie ist unser Haus« – so reden wir über Babulya. Und tatsächlich habe ich damit angefangen. »Sie ist unser Haus« bedeutet: Sie hält uns zusammen, unsere Seelen und Körper, die Betonwände, Gespräche, die Geburten und die Tode. Sie weiß, sieht, betet und schweigt darüber. Wäre sie fort, wären wir fort.

Nein, das wären wir nicht, Nanush. Denn du bist da.

Könnte nicht die Frau mit dem roten Kopftuch diese Aufgabe übernehmen?

Sie wird dir zur Seite stehen. Aber ich denke: Du wirst es sein.

Das heißt, ich werde unser Haus nie loswerden?

Das willst du doch gar nicht, Nanush.

Doch.

Nein.

Und tatsächlich weiß ich es nicht. Ich weiß es schon wieder nicht.

ES GIBT DINGE, FÜR DIE ES KEINE WORTE GIBT:
Der Geschmack von Tee mit Marmelade beim ersten Schluck.
Die Tage, an denen ich auf dem Balkon dicht an der Hauswand bleibe, mich von der Brüstung fernhalte, weil ich weiß, es ist besser so.
Der Übergang von Wald in Beton und umgekehrt
Der Moment zwischen Schnee und Sonne, wenn der Winter aufhört und es Frühling ist.
Es gibt keine Worte dafür, wie unser Haus eine Araukarie wird, weil es womöglich schon immer eine war. Pfahlwurzeln, mehr in die Tiefe als in die Breite. Dreißig Jahre bis zur ersten Blüte. Widersteht Wind, Hitze und Schnee.

Beherbergt Pumas und Bären – solche aus Plüsch und
andere auch. Stachelige Umarmung. Stachelige
Umarmung. Stachelige Umarmung.
Keine Worte dafür, dass es dennoch fliegt.
Es gibt keine Worte für die Linie zwischen Leben und
Sterben.

BABULYAS TESTAMENT

Für Elsa: Das Geschirr und die eingelegten Salzgurken.
Für Valentina: Der gesteppte Morgenmantel.
Die Liebesromane.
Für Vitali: – *Was braucht ein junger Mann, Elsa? – Er hajt ja olles, Babulya. Deijn Sessle vielleicht. Vom Balkong.*
Für Vitali: Der Sessel vom Balkon. Der Spiegel aus dem
Vorraum.
Für Lilli: Der Hocker in der Dusche.
Und für dich, Kätzchen, alles andere. Versprich mir, dass ihr esst und trinkt. Es sollen alle kommen. Versprich es!
Ich verspreche es.
Verspreche es Babulya, Oma Elsa, Lilli, Valentina, Vitali.
Verspreche es dem Haus. Der Araukarie. Mir selbst.

Bis wir den Tieren folgen, hinein in den Wald. Tiefer und tiefer. Nach Osten, nach Norden. Bis wir Wald werden, Wurzel und Wind und Reh. Bis uns Knospen wachsen, Hufe, Geweih. Bis wir es sind.

EPILOG

Die Nacht, in der du stirbst, ist eine bestickte Steppdecke, Babulya. Ich lege sie über dich. Meine kleine Babulya im Brennnesselkleid. Die Nacht und den Mantel aus Zobel. Hast mich bis hierher getragen. Ich geb dir den Stern aus grünem Plastik in deine gefalteten Hände. Schiebe darunter das Liederbuch. Sollst mich nicht vergessen in der andern Welt, wo Schwäne nach Norden fliegen und du den großen Bären triffst.

Jetzt bist du dort.

DANKE

... euch, die ihr eure Geschichten mit mir geteilt und mir so viel beigebracht habt. Ohne euch hätte ich keine Zeile dieses Buches schreiben können. Danke, dass ihr mir vertraut habt. Danke, dass ich in eurem Leben sein durfte. Ihr seid für immer in meinem.

... Julia Krohmer, dass ich dich alles fragen konnte und du Oma Elsa die richtige Aussprache, Nanush Speck zum Wodka, mir die Birke und vor allem diesem Buch deinen Segen gegeben hast.

... Annette Pehnt, Mimi Wulz, Elisabeth Ruge, dass ihr an diesen Text geglaubt und mich so sehr unterstützt habt auf ganz verschiedene Weisen.

... Maria Herrmann, für den Flur, der so groß war, dass das ausgedruckte vorläufige Manuskript hineinpasste und ich so etwas wie Überblick hatte.

... Heinz Kattner, für sowieso alles und außerdem für die eindringliche Aufforderung, das hier jetzt zu Ende zu schreiben. Und Polylux e. V. für den Plattenkloster-Ort, um es zu tun.

… Corinna Kroker, für dein sorgfältiges liebevolles Lektorat – ich bin so froh über dich!

… und Danke, Michael Diener, für Teilen, Verstehen und Verbunden-Sein.

QUELLENNACHWEISE

Die Bibel nach der Übersetzung Martin Luthers. In der revidierten Fassung von 1984, herausgegeben von der evangelischen Kirche in Deutschland, Stuttgart 1985.

Geistlicher Liederschatz. Herausgegeben von der Kirchlichen Gemeinschaft der Ev.-Luth. Deutschen aus Russland e. V., Bad Sooden-Allendorf 2000.
»Quell der Barmherzigkeit«, Text von Christoph N. Hall, übersetzt von Walter Rauschenbusch, Lied Nr. 400
»Jesu, zieh zum Kreuze mich«, Text von Frances J. Crosby, übersetzt von Walter Rauschenbusch, Lied Nr. 396
»Meine Heimat ist dort in der Höh'«, Text von Dewitt Clinton Huntington, übersetzt von Ernst Gebhardt, Lied Nr. 821

Cortázar, Julio; Dunlop, Carol: *Die Autonauten auf der Kosmobahn.* Berlin 2020.

Ono, Yoko: *Biographie / Feststellung*, 1966. Zitiert nach: DIE ZEIT Nr. 6/2013.

Schmid, Georg: *Sie waren Deutsche und sie sind Deutsche.* In: »Volk auf dem Weg«, herausgegeben von der Landsmannschaft der Deutschen aus Russland e. V., Stuttgart Ausgabe 11/2011.